世界《せかい》一《いち》の三人きょうだい

グードルン・メプス 作
はたさわゆうこ 訳　山西ゲンイチ 絵

世《せ》界《かい》一《いち》の
三人きょうだい

もくじ

1　パパとママはさびしがったけど、あたしたちはさびしくなかったこと

パパとママが、家《いえ》の中をばたばた走《はし》りまわっている。

お昼《ひる》ごはんのあと電話《でんわ》がかかってきてから、きゅうにあわてだした。とくにパパ。ううん、やっぱりママも、おんなじくらいあわててるかな。

どうしちゃったんだろうって思《おも》っていたら、ママが言《い》った。

「ねえ、マキシ、びっくりしないでね。あなたとレオンは、こんやから一週間《いっしゅうかん》、トミーのアパートでくらすのよ」

トミーはあたしたちのお兄《にい》ちゃんだ。いま、大学生なんだけど、おとな、って感《かん》じですごくかっこいい。ずっとまえから、大学がある町にひとりで住《す》んでいる。

あたしも弟《おとうと》のレオンも、よその町にひとりで住《す》むなんて、まだできない。できるようになるのは、もっとずーっと先のことだと思《おも》う。だって、レオンはおむつをしたちびちゃんで、まだ幼稚園《ようちえん》にも行《い》ってないし、あたしも小学校の三年生になったばかりだから。いつもはパパとママが、ちゃんとあたしたちのめんどうを見てくれる。

だけど、いまはすごくいそがしそう。

「ごめんよ、マキシ。おばあちゃんのひっこしが、きゅうにきまったんだ」とパパが言《い》った。

ひとりぐらしをしていたおばあちゃんが、ものすごくおばあちゃんになって、もうお料理《りょうり》とかもできないから、お世話《せわ》をしてくれる人がいる施設《しせつ》に入るんだって。

へんなの。小さい子がめんどうを見てもらうのは、あたりまえだけど、うんと年をとった人も、お世話《せわ》してもらわなくちゃいけないなんて。ひとりでもだいじょうぶなのは、どっちでもない人。トミーお兄《にい》ちゃんみたいな人たちだ。ひとりぐらしって、毎日《まいにち》すきなことができるんだろうな。

おばあちゃんのおひっこしは一週間後《いっしゅうかんご》。それなのに、パパもママも、こんばんからおばあちゃんちにとまって、おひっこしのじゅんびをしなくちゃいけないらしい。おうちの中をかたづけたり、タンスをはこんだりするのは、おばあちゃんひとりじゃむりだから、だれかがてつだってあげないとね。

あたしは、パパとママに言《い》った。

「あたしも、てつだう！　おかたづけ、とくいだもん。ちびのおもちゃ箱《ばこ》だって、あたしがクローゼットにしまってあげてるんだよ。いっつも出しっぱなしだから」

でも、すぐに「だめだめ」と言《い》われてしまった。タンスはおもちゃ箱《ばこ》よりずっと大きいし、ひっこしに子どもがいたらじゃまになるんだって。

えー、そうなの？

「じゃあ、あたしは、ちびとおうちでるすばんしてる。おむつがしまってあるところも知《し》ってるし」

けど、ふたりはまたいっしょになって「だめだめ」と言《い》った。

「あなたもちびちゃんも、そばでめんどうを見てくれる人がいないと。こんばんから、トミーのところへ行《い》くの。もう話《はな》してあるのよ。あなたの学校にもお休みするって連絡《れんらく》をしたから、安心《あんしん》して」

お兄《にい》ちゃんのアパートへは、なんども行《い》ったことがある。でも、おとまりしたことはない。それに、パパやママと何日《なんにち》もはなれるなんて、はじめてだ。

「わかった。いいよ、あたしは」

そう言《い》ったとたん、パパがあたしをぎゅっとだきしめた。

「マキシ、パパもさびしいけど、どうしようもないんだ。たのむから泣《な》かないでくれよ。おまえに泣《な》かれたら、パパだって……」

ママも、ちびのレオンをだきあげて、はあーっと大きなため息《いき》をついた。

「たったの一週間《いっしゅうかん》よ。だいじょうぶよね、ちびちゃん？」ちびは、ママの首《くび》に顔《かお》をすりすりしている。ママの目から、いまにもなみだがあふれそう。ちびはぜんぜん気がついてないけど、あたしには見えた。

パパとママがいなくたって、へいきだよ！　でも……ちょっと、きいておこうかな。

「一週間《いっしゅうかん》たったら、むかえにきてくれるんでしょ？」

パパもママも「もちろん！」と言《い》って、首《くび》をたてにぶんぶんふった。ちびもまねをしてうなずいている。なんにもわかってないのに。

ちょっぴりもやもやした気分《きぶん》になってきた。これから一週間《いっしゅうかん》、あたしはずーっとちびといっしょで、パパもママもいないんだ。

でも、だいじょうぶ。かわりにトミーお兄《にい》ちゃんがいる。どきどきするような冒険《ぼうけん》がはじまるのかも。いまごろ、お兄《にい》ちゃんもたのしみにしてるだろうな。だって、あたしたちがいたら、うれしいにきまってるもん！

「一週間《いっしゅうかん》もおまえたちの顔《かお》が見られないなんて……」パパが言《い》った。ママもずっとちびをだきしめてる。

パパもママも、そんなに悲《かな》しんでばかりいたら、いつまでたってもおばあちゃんのところへ行《い》けないよ。そしたら、あたしたちもお兄《にい》ちゃんのところへ行《い》けないでしょ。きっと、まってるのに！

「したくをしようよ！」あたしは大きな声《こえ》で言《い》うと、ちびの手をひっぱって、さっさとじぶんたちの部屋《へや》へむかった。パパもママも、ぽかんとしていた。

子《こ》ども部屋《べや》に入ると、あたしはぴょんぴょんとびはねた。

やったね！　こんばんから、お兄《にい》ちゃんと三人だ。

ちびもまねをして、ぴょこぴょことんでいる。なんにもわかってないくせに。

まあ、いいけど。さっさとおとまりのしたくをしようっと。

もっていきたいものをどんどん出していくと、あっというまに山みたいになった。大すきな本と、ミニチュアのお城《しろ》。ミニカーのコレクション、つるつる頭《あたま》の赤ちゃんの人形《にんぎょう》、お気に入りのT《ティー》シャツとズボン。リュックにつめていったら、すぐにいっぱいになった。

つぎは、ちびのリュックだ。おむつを入れて、その上におむつ、もっとおむつ。あと、シャツとズボンと、たくさんのぬいぐるみ。ちびのリュックもぱんぱんにふくらんだ。

すると、ちびがぱたぱたと近《ちか》づいてきて、じぶんのリュックをつかんだ。せっ

かくつめてあげたものを、ひっぱりだしている。

なんなの？

ちびはリュックをからにすると、レゴのブロックを入れはじめた。つぎつぎつめていく。ひょっとして、ぜんぶもっていく気？　レゴがリュックの口からあふれそう。それじゃ、おむつが入らないじゃない。

「もお！」

あたしはちびのリュックをとりあげると、さかさにして、もういちどからにした。とたんに、ちびがビイーッと泣《な》きだした。すぐにママとパパがとんできて、ちびにキスをした。あたしにも。いつもはけんかをしたら、キスはしてもらえないんだけど、きょうはちがう。

そのあと、パパとママといっしょに、もういっぺん、にもつをつめなおした。あたしのお城《しろ》は、おいていきなさいって言《い》われた。お人形《にんぎょう》も、なし。かわりにママは、ちびのシャツとズボンを、あたしのリュックに入れた。ちびのレゴは、もっていっていいんだって。ぬいぐるみも、ぜんぶ。

おむつは、パパが物置《ものおき》から出してきたスーツケースに入れた。あたしは、お兄《にい》ちゃんちに行《い》くのがたのしみだったから、もんくを言《い》わなかったけど、そうじゃなかったら、ぜったいにおこってた。いつだってちびばっかり、ひいきされるんだもん。

でも、きょうは気にしない。ああ、はやく出かけたい！

でも、パパとママのしたくは、とっても時間《じかん》がかかった。やっとしたくができたと思《おも》ったら、こんどはちびのおむつをかえなくちゃいけなくて、またまた時間《じかん》がかかった。

それから、はやめの夕ごはんを

食《た》べて、にもつを車につみこみ、やっと出《しゅっ》発《ぱつ》。あたしとちびは、いつものようにうしろの席《せき》だ。ちびはチャイルドシートにすわって、おやゆびをしゃぶっている。そうしているあいだだけ、おとなしいんだよね。

　あたしはちびのとなりで、ずっとそわそわしていた。そろそろお兄《にい》ちゃんのアパートが見えるんじゃないかな……。

　パパはまっすぐまえを見て

運転《うんてん》しながら、ため息《いき》ばかりついている。ママも、なんどもハーッと大きく息《いき》をはき、こっちをふりむいては、ちびを見る。目が、「はなれたくないのに」って言《い》ってる。でも、はなれなくちゃいけないんだよ、ママ。それも、もうすぐ。

着《つ》いた！

リュックとスーツケースを車からおろすと、ママがレオンをだっこし、あたしはパパと手をつないで、四人でアパートのかいだんをのぼった。

お兄《にい》ちゃんの部屋《へや》のドアだ。

あたしがチャイムをおそうとすると、ママが泣《な》きそうな声《こえ》でささやいた。

「マキシ、ちびちゃんにやらせてあげて。しばらくママに会《あ》えないんだから、かわいそうでしょ」

うん……。でも、あたしは？　あたしはかわいそうじゃないの？　あたしだって、チャイムをおしたいよ！

あたしがチャイムからゆびをはなさないでいると、パパが小声《こごえ》で言《い》った。

「マキシ、たのむから、わがまま言《い》わないでくれよ。パパをこまらせないでくれ」そして、目のあたりをごしごしこすった。

パパまで泣《な》くのをがまんしている。しょうがない。がまんしようかな……。

そのとき、いきなりドアがあいた。トミーお兄《にい》ちゃんだ！　あたしはとびあがって、首《くび》にだきついた。ジャンプはとくいだもん。

お兄《にい》ちゃんはちょっとよろっとしたけど、しっかりつかまえてくれた。うーん、お兄《にい》ちゃんのにおいがする。あたしは、耳もとでささやいた。

「たくさんしたくしてきたから、クリスマスまでいられるよ」

「それは、かんべんしてほしいな」お兄《にい》ちゃんはあたしを床《ゆか》におろすと、「ちびは？」ときいた。

ママがちびをおろそうとしてかがむと、ちびはするりとママのうでをぬけだして、お兄《にい》ちゃんの足にとびついた。

「サンタさん！」にこにこしながら、お兄《にい》ちゃんを見あげている。

「にてるか？　シャツが赤いからかな」お兄《にい》ちゃんもにっこりわらって、ちびをだきあげた。「さ、ふたりとも中へ入って。マキシ、クリスマスの件《けん》はあとで話《はな》そう。オッケー？」

「オッケー！」

あたしは、ちびといっしょに部屋《へや》の中へかけこんだ。

部屋《へや》はひとつだけど、けっこう広《ひろ》い。まえにも来《き》たことがあるから、知《し》ってる。まどぎわに細長《ほそなが》いつくえがあって、その上にはパソコンとたくさんの紙《かみ》。床《ゆか》には大きなマットレスがひとつ。クッションもころがっている。うちではみんな、いすにすわるけど、かたいいすよりクッションのほうがいいな。ひっくりかえしても、ガタンっていわないし。

それから、すこしぐらぐらする本だなに、本がずらりとならんでいる。でも、子どもが読《よ》むような本は一さつもない。これも、まえに来《き》たときに見て、知《し》っている。

いちばんおもしろいのは、部屋《へや》のはしからはしまではってあるロープに、いろんなものがかかってること。T《ティー》シャツなんかが、たくさんかけてある。うちでは、服《ふく》はタンスやクローゼットにしまってあるけど、お兄《にい》ちゃんはぜんぶ、ハンガーにかけてロープにつるしておくんだ。

玄関《げんかん》のほかに、ドアがふたつあって、ひとつは台所《だいどころ》。もうひとつはバスルーム。バスルームをのぞいたら、トイレとシャワーがあるだけで、バスタブはなかった。たいへん！　ちびはいつも、おゆをはったバスタブにアヒルちゃんといっしょに入るのに。お兄《にい》ちゃんにおしえなくちゃ。

そういえば、お兄《にい》ちゃんのさっきの言《い》いかた、かっこよかったな。「マキシ、クリスマスの件《けん》はあとで話《はな》そう」だって！　よし、「バスタブの件《けん》はあとで話《はな》そう」っと。そのまえに、にもつを出さなくちゃ。

ちびのリュックをさかさにして、中のものを床《ゆか》に広げると、ちびが来《き》て、レゴをあちこちにばらまきだした。レゴをぜんぶ出してしまうと、うれしそうな顔《かお》でぬいぐるみをひとつずつ、マットレスの上にならべている。ちびのぬいぐるみは、ぜーんぶもってきたんだもんね。

台所《だいどころ》では、パパとママがお兄《にい》ちゃんと話《はな》していた。ドアがあいてて、声《こえ》が聞《き》こえる。

「あの子たちのめんどうをしっかり見てあげてね、トミー」

「たのんだぞ。たよりにしてるからな」

「トミー、いいわね、レオンは、いつも……」

「そうだ、トミー、マキシがすきなのは……」

「トミー、ひきうけてくれて、ほんとうにありがとう」

ふたりともすごく心配《しんぱい》そうな声《こえ》で、おんなじことをなんども言《い》っている。

「ほんとに一週間《いっしゅうかん》だけだよ。それでいいんだよね？」

さいごにお兄《にい》ちゃんの大きな声《こえ》がして、パパとママがこっちに来《き》た。

「じゃあ、ママたちはもう行《い》くわね。おばあちゃんがまってるから」

ふたりともあたしたちに、行《い》ってらっしゃいのキスをして見送《みおく》ってほしかったのかもしれない。でも、ちびはつくえのまえのいすによじのぼって、パソコンをにらんでいたし、あたしは、本だなにミニカーをならべていた。ぜんぶならべられる場所《ばしょ》がない。のこりはどこにおこう？　それに、ちびとあたしはどこでねるのかな？　マットレスはひとつしかないし……。

あたしたち、パパとママにキスしているひまなんかないの。やることがいっぱいあって、いそがしいんだから！

2　どうして夜《よる》の町を自転車《じてんしゃ》で走《はし》ったか

スーツケースをさげて部屋《へや》に入ってきたお兄《にい》ちゃんは、レゴをひとつふんづけた。カシャッと音がしたけど、気にしていないみたい。ちびが見ていたらたいへん、と思《おも》ったけど、ぜんぜん気がついていなかった。

いすの上に立っていたちびは、お兄《にい》ちゃんの顔《かお》を見ると、また「サンタさん！」とさけんだ。そして、キーボードをパシパシたたいたので、パソコンの画面《がめん》にいろんな形《かたち》のもようがあらわれた。黒《くろ》い大きな文字も見える。

ちびはすっかりパソコンが気に入ったらしいけど、あたしはぜったい本のほうがすき。それに、あたしは本がおもしろいから読《よ》んでるだけなのに、本を読《よ》むとママも先生もよろこぶ。

お兄《にい》ちゃんがスーツケースを床《ゆか》において、あたしにきいた。

「こっちにも、レゴが入ってるの？」

「ブッブー！　ちがうよ。その中は、紙《かみ》おむつとか、いろいろ」あたしはいそいで床《ゆか》のレゴをひろいあつめた。ほうっておいたら、ぜんぶお兄《にい》ちゃんの大きな足にふんづけられちゃう。

「えっ、おむつ？　ちびがまだおむつしてるなんて、聞《き》いてないぞ」トミーお兄《にい》ちゃんの目がまん丸《まる》になった。

「きっと、パパもママもあんまり悲《かな》しくて、言《い》うのをわすれちゃったんだよ。あたしたちとはなれるのは、はじめてだから」

あたしはスーツケースのふたをあけた。そのとたん、びんがごろごろころがりでてきた。はちみつ、ジャム、サクランボにスモモに、エンドウ豆《まめ》やインゲン豆《まめ》のびん。それから、いろんなシリアルの箱《はこ》。ジュースもある。ママったら、あたしたちのすきなもの、ぜーんぶ入れてくれたんだ。それと、体《からだ》にいいものも。お豆《まめ》はあんまりすきじゃないけど……。

お兄《にい》ちゃんも、おどろいた顔《かお》をした。でも、じいっと見ているのは、びんといっしょにごっそり出てきた、紙《かみ》おむつのほうだ。

「心配《しんぱい》しないで、お兄《にい》ちゃん。おむつのかえかたは、ちびがよく知《し》ってるから、おしえてもらえばいいよ」あたしはびんや箱《はこ》を、床《ゆか》にきれいにつみあげた。

「よく知《し》ってるなら、ちびがじぶんでかえられるだろ」お兄《にい》ちゃんは、からになったスーツケースを部屋《へや》のすみへ足でおしやった。

「それは、むり。このごろは、おむつがよごれるまえに、おしえてくれることもあるけど、まだちょっと、ばかなんだもん。でも、ばかじゃなくなったら、おむつもしないよね」あたしはそう言《い》いながら、お兄《にい》ちゃんがおしのけたスーツケースを、またひっぱってきた。たなには、もう場所《ばしょ》がないから、ミニカーをならべる台《だい》にしよう。

お兄《にい》ちゃんが、にっとわらって言《い》った。

「さすがは、おねえちゃんだ。なんでもよく知ってるね」

そのとおり！　でも、そんなことよりあたしが気になったのは、お兄《にい》ちゃんのジーンズだ。あちこちやぶけて、あなだらけ。パパに新《あたら》しいのを買《か》ってもらえばいいのに。ちびやあたしがこんなぼろぼろの服《ふく》を着《き》てたら、パパにすぐに着《き》かえなさいって言《い》われるよ。

それと、もっと気になったのは、大きなマットレスのこと。足が一本もなくて、床《ゆか》の上にべたーっとおいてある。その上に、レオンのぬいぐるみがならんでいる。

へんなの！　うちのベッドは、足が四本ついていて、ひとりひとつずつある。

「ねえ、お兄《にい》ちゃん、あたしとちびはどこでねるの？」

「エアマットがあるんだ。知《し》ってる？　水にうかべたら、ボートにもなるんだよ」

そう言《い》いながらお兄《にい》ちゃんは、いすに立ったままのちびに近《ちか》づくと、ひざをついて、おしりのあたりをくんくんかいだ。ちびは、まだつくえの上のキーボードをたたいている。パソコンのスイッチは、お兄《にい》ちゃんがいつのまにか切《き》ったみたい。

「マキシ、おまえたちのベッドをもってきて。ふくらませて、ベランダにおいてあるから」

うそでしょ、そんなプールで使《つか》うようなものに、ちびといっしょにねるの？　ちびはじっとしてないのに。起《お》きてるときだけじゃなく、ねているときも。

うちにはあたしだけのベッドがあるのに……。きゅうに、お兄《にい》ちゃんの部屋《へや》が知《し》らない、よそのおうちに見えてきた。おなかのあたりがきゅっとなって、ちょっぴり悲《かな》しくなっちゃった。

いまごろパパとママは、どうしてるかな。もうおばあちゃんちに着《つ》いたのかな。

すごくとおくにいるんだなあ……。

そう思《おも》ったら、なみだが出てきそうになった。

だめだめ！　あたしは小さい子じゃないんだから。ちびなら、「おうちに帰《かえ》りたい」って泣《な》きだすかもしれないけど……。

そう思《おも》ってちびのほうを見たら、キャッキャッとわらっている。たのしそう。

お兄《にい》ちゃんが犬のまねをして、手にかみついているからだ。

いいなあ……。

しかたなく、あたしはぷかぷかにふくらんだエアマットをひきずってきて、上にのっかり、ちょっととびはねてみた。

わっ、おもしろい！　でも、こんなぼよんぼよんしたマットに、ちびといっしょで、ねむれるのかな。あんまり大きくないし、ちょっと動《うご》いただけでおっこちそう。

そのとき、お兄《にい》ちゃんの声《こえ》がした。

「ちびが、におうぞ」

お兄《にい》ちゃんはひょいっとちびをだきかかえると、おむつをもってバスルームにむかった。ちびは首《くび》にだきついて、ごきげんだ。

「お兄《にい》ちゃん、新《あたら》しいおむつをするまえに、おしりをきれいにふいてあげてね。

だいじょうぶ？」

「だいじょうぶ、まかせろ。ちび、ついでにシャワーをあびるか？」

「ダイジョブ！」

あれっ、いまのはちびの声《こえ》だ。ちびはまだ、ほとんどしゃべれないし、「だいじょうぶ」なんて言《い》うのも、聞《き》いたことない。それに、だいじょうぶなわけないよ、シャワーをあびるのは、はじめてでしょ？　いつもはアヒルちゃんといっしょに、おふろに入れてもらってるんだから。

でも、そんなこと、お兄《にい》ちゃんは知《し》らない……。どうしよう！

耳をすましていると、お兄《にい》ちゃんの声《こえ》が聞《き》こえた。

「はい、おむつをとって！　よし、つぎはシャワーだ。ほうら、雨がザアザアふってきたぞー」

ザーッとシャワーの音がした。あたしはあわてて耳をふさいだ。もうすぐちびが泣《な》きだす。ものすごい声《こえ》で……。あたしのせいだ、「バスタブの件《けん》」を話《はな》すのを、わすれていたせい。ああ、もう、おそい……。

けれど、聞《き》こえてきたのは泣《な》き声《ごえ》じゃなかった。わらってる。すごくたのしそう。バスタブがなくても、へいきなの？　アヒルちゃんもないのに？　しんじられない。

パパ、ママ、聞《き》いて！　ちびが新《あたら》しいことをふたつもおぼえたよ。シャワーがおもしろくて、アヒルちゃんは、いらないんだって。それに「だいじょうぶ」って言《い》ったんだよ。ほんとに、びっくり。

シャワーの音がやんで、ふたりがバスルームから出てきた。ちびは新《あたら》しいおむつをして、お兄《にい》ちゃんにしっかりだっこされている。目がとろんとして、ねむたそうだ。お兄《にい》ちゃんはちびにパジャマを着《き》せると、エアマットにねかせ、そっと毛布《もうふ》をかけてやった。

すごい！　お兄《にい》ちゃんも、すぐにできちゃったんだ。ちびのおむつをかえるのも、シャワーで洗《あら》ってやるのも。これもびっくりだ。

「マキシ、バスルームがあいたぞ」お兄《にい》ちゃんはつくえのまえにすわって、パソコンのスイッチを入れながら言《い》った。「おねえちゃんは、ひとりでできるよな？」

もちろん！　だけど、シャワーのあとは、あたしもだっこしてくれないかな。……だめだよね、あたしはもう小さい子じゃないから。あーあ、ちびはいいなあ。

バスルームに入ると、中はめちゃくちゃだった。水でぐしょぐしょになった紙《かみ》おむつとタオルがおきっぱなしで、床《ゆか》も水びたし。水あそびしたあとみたい。ママに見つかったら、ぜったいにおこられる。おそうじしたほうがいいかな？

……やっぱり、やーめた。ママはいないんだもん。それに、なんだかくたびれちゃった。

あたしはさっとシャワーをあびて、パジャマを着《き》た。それから、まだすこし足がぬれていたけど、ちびのとなりにもぐりこんだ。

お兄《にい》ちゃんは気がついていないみたい。パソコンの画面《がめん》を見ながら、ずっとカチャカチャとキーボードをたたいている。

さっさとねなさい、ってこと？　でも、だいじなことわすれてるよ、お兄《にい》ちゃん。おやすみなさいのお祈《いの》りをしなくちゃいけないんだよ。もしかして、知《し》らないのかも……。

あたしは、すこし大きな声《こえ》で言った。

「おやすみなさい！　すてきな夢《ゆめ》を見られますように。天使《てんし》さま、おまもりください！」

「うーん……あとで」

お兄《にい》ちゃんはそう言《い》って、ちょっと手をあげたけど、せなかはこっちにむけたままだ。

ちっともわかってない！

あたしはちびにくっついて、目をとじた。ちびのにおいがする。しずかな寝息《ねいき》が、こもり歌《うた》みたい。なのに、エアマットがぷよんぷよん動《うご》いて、ぜんぜんねむれない。

そのとき、ちびがごろんと寝返《ねがえ》りをうって、さけんだ。

「ちゅっちゅー、ちゅっちゅー！」ぱっちりと目をあけている。

いけない、おしゃぶりをわすれてた！　ちびにとって、ねるとき、天使《てんし》さまよりだいじなものなのに。

「お兄《にい》ちゃん、たいへん！　おしゃぶり！」あたしはちびより大きな声《こえ》を出した。

ちびはもう、ひっくひっく泣《な》きだしている。

お兄《にい》ちゃんはいすからとびあがり、あたしたちのリュックの中をひっかきまわして、おしゃぶりをさがしはじめた。

あたしもいっしょうけんめいさがしたけど、見つからない。ちびの泣《な》き声《ごえ》がどんどん大きくなってくる。

「どうしよう、お兄《にい》ちゃん！」

「ちょっと、だまって」

ねえ、どうするの、お兄《にい》ちゃん？　あたしは心《こころ》の中できいた。

お兄《にい》ちゃんは「うーん」とうなって、大きく息《いき》をはいた。それから、あたしをおんぶして、泣《な》いているちびをだきあげた。またエアマットにねかせるのかな……と思《おも》ったら、そのまま部屋《へや》を出て、かいだんをおりていく。ちびはお兄《にい》ちゃんの首《くび》にしがみついて、ますます大声《おおごえ》で泣《な》きわめいている。おむつも、よごれているのかも。

外《そと》に出ると、お兄《にい》ちゃんはあたしとちびを自転車《じてんしゃ》に乗《の》せた。あたしはうしろ、ちびはまえのかごの中。あたしたち、パジャマのままだ。

「しっかりつかまってろよ」と言《い》うと、お兄《にい》ちゃんは自転車《じてんしゃ》をこぎだした。あたしはあわてて、せなかにしがみついた。こんな夜中《よなか》に自転車《じてんしゃ》で出かけるなんて、はじめて！　パパやママは、出かけるときはいつも車だ。お兄《にい》ちゃんにも車を買《か》ってあげて、ってパパに言《い》わなくちゃ。でも、お兄《にい》ちゃんはいらないって言《い》うかな？

まえかごに乗《の》っているレオンは、いつのまにか泣《な》きやんでいる。たぶん、あたしとおんなじくらい、びっくりしてるんだ。

夜《よる》の風《かぜ》が、さーっと顔《かお》にふきつけてきた。家《いえ》のあかりがぽつぽつ見えたかと思《おも》うと、すぐにまた暗《くら》くなる。カーブをまがりながら、お兄《にい》ちゃんはなにかぶつぶつ言《い》った。よく聞《き》こえなかったけど、きっと、あたしが言《い》ったらパパやママにし

かられるような悪《わる》いことばだ。

でも、そんなの気にならない。だって、いま自転車《じてんしゃ》で走《はし》っている町、すごいんだもん！　しーんとしているけど、ときどき、とおくの音が聞《き》こえる。どこかで、あかりがぴかっと光《ひか》った。昼《ひる》とはぜんぜんちがう。なんだか、つぎつぎにふしぎなことが起《お》こる、まほうの国《くに》みたい。

自転車《じてんしゃ》がとまった。薬屋《くすりや》さんのまえだ。

「ふたりとも、ぜったいに動《うご》いちゃだめだぞ」お兄《にい》ちゃんはあたしたちを自転車《じてんしゃ》にのこしたまま、ひとりで薬屋《くすりや》さんにかけこんだかと思《おも》うと、すぐにもどってきた。ちびもあたしも、ぴくりとも動《うご》かないでまっていた。

お兄《にい》ちゃんはちびの口に、新《あたら》しいおしゃぶりをくわえさせると、すぐにまた自《じ》転車《てんしゃ》にまたがってペダルをこぎだした。

帰《かえ》り道《みち》は、あっというまだった。お兄《にい》ちゃんのせなかにつかまって、もっともっと夜《よる》の町を走《はし》りたかったな……。

アパートに着《つ》くと、お兄《にい》ちゃんはまたちびをだき、あたしをおんぶして、かいだんをのぼった。ちびはおしゃぶりをくわえて、もうぐっすりねむっていた。

部屋《へや》に入ると、お兄《にい》ちゃんはそーっとちびをマットレスにおろし、あたしたちをねかせてくれた。こんどはへんなエアマットじゃなく、お兄《にい》ちゃんの大きなマットレス。これなら、だれもおっこちない。

お兄《にい》ちゃんもすぐ、いっしょにねた。マットレスに、三人で……。

あれっ、お兄《にい》ちゃん、T《ティー》シャツとパンツだけだ。パジャマ、もってないの？パパに買《か》ってもらったら、って言《い》おうとしたのに、まぶたがかってにとじちゃった……。

耳もとでお兄《にい》ちゃんの声《こえ》がした。

「おやすみ、マキシ、レオン。ふたりともいい夢《ゆめ》が見られますように。天使《てんし》さま、おまもりください」

「ダイジョブ……」ちびのねごとが聞《き》こえた。

3　どうしてお兄《にい》ちゃんはずっとコーヒーをのめなかったか

朝《あさ》になって、あたしは気がついた。お兄《にい》ちゃんは、あたしたちがいつもどんなふうにくらしているのか、まるでわかってないってこと。

子どもは早起《はやお》きして朝《あさ》ごはんを食《た》べる、っていうことを知らないみたい。レオンもあたしも、とっくに目をさましているのに、お兄《にい》ちゃんはとなりでグーグーねている。よく見たら、ちびのぬいぐるみのウサギちゃんをまくらにしている。

「お兄《にい》ちゃん、おなかすいた」あおむけにねたまま、小さな声《こえ》で言《い》ってみたけど、起《お》きない。ちびは、ゆうべ買《か》ってもらったおしゃぶりをくわえたまま、顔《かお》をしかめている。ちょっと、くさいかも……。

「ねえ、お兄《にい》ちゃんってば。ちびのおむつ、とりかえてあげてよ」こんどはすこし大きな声《こえ》を出したのに、お兄《にい》ちゃんはなんにも聞《き》こえないし、においも感《かん》じないみたい。

こうなったら、やることはひとつ。

「ちび、ジャンプしてお兄《にい》ちゃんを起《お》こそう」

ちびは、くわえていたおしゃぶりを、お兄《にい》ちゃんの顔《かお》めがけてプッととばすと、「おちりぷんぷん！」と言《い》った。やっぱり、おむつがよごれてるんだ。

「そんなんじゃ起《お》きないよ。ぴょんぴょんとぼう。とくいでしょ」あたしは、ぱっと毛布《もうふ》をめくってとびおきた。ちびはもう、立ちあがってぴょこぴょこはねている。よおし、あたしだって！

でも、ふたりでマットレスの上でとびはねても、お兄《にい》ちゃんはへいきな顔《かお》でねむっている。

「もっともっと！　空までとんじゃえー！」

そう言《い》って思《おも》いきりジャンプしたけど、やっぱり起《お》きない。あたしたちがいることを、すっかりわすれているのかも。

しょうがない。朝《あさ》ごはんはあたしが作《つく》ろう。いつもママがしてるようにすればいいんだから。

できるかな……？

あたしは、ちょっぴりくさいちびをひっぱって、台所《だいどころ》へつれていった。

「ママ……」ちびは目を大きく見ひらいて、あたしを見つめている。

まずい！　ギャーッて泣《な》きだす直前《ちょくぜん》の顔《かお》だ。おしりぷんぷんで、おなかぺこぺこで、ママがいないんだから、あたりまえかも。

どうしよう、と思《おも》っているうちに、ちびはテーブルの下にもぐって、ママをさがしはじめた。きっとかくれんぼしたときのことを、思《おも》いだしたんだ。

レオン、ほんとうはあたしだっておんなじ気持《きも》ちなんだよ。ママがテーブルの下から出てきてくれたらいいのに……。

あたしは、そっとちびをひっぱりだした。

「ちがうよ、ちび。ママはいないの。でも、泣《な》いちゃだめ。お兄《にい》ちゃんがねてるからね」こんなこと言《い》ったって、泣《な》きだすにきまってるけど……。

ところが、ちびはにこっとわらった。顔《かお》がお兄《にい》ちゃんにそっくり。ちびトミーだ！　ちびは「ダイジョブー」と言《い》いながら、まっすぐれいぞうこへむかって歩《ある》いていく。

「えらい、ちび！　あたしもいま、れいぞうこを見ようって思《おも》ってたの」

れいぞうこの中には、ちゃんと朝《あさ》ごはんが入っていた。

「すごいよ、見て！」

あたしたちのすきなヨーグルトとチーズ。れいとう室《しつ》には、あたしたちの大すきなアイスに、フライドポテトみたいな形《かたち》のおさかなスティックもある。

「ほら、テーブルの上を見てごらん、ポットにメモがはってあるよ。マキシとレオンのココア、って書《か》いてある」

テーブルには、シリアルの箱《はこ》とあまい丸《まる》パンの入ったふくろがあって、どっちにもメモがはってあった。「おはよう、かわいい子どもたち」と書《か》いてある。きのう、パパとママがこっそり用意《ようい》しておいてくれたんだ。あたしとちびのために……。そう思《おも》ったとたん、じわーっとなみだが出そうになった。

パパ、ママ、あたしたちはだいじょうぶだよ。ほんとは、ほんのちょっと、たいへんだけど……。

あたしは泣《な》きそうになるのをがまんして、テーブルに朝《あさ》ごはんをならべた。

「さ、食《た》べよう。きっとおいしいよ」

ちびはいすの上に立ったまま、「おいちい」と言《い》いながら、あたしがおさらにのせたおさかなスティックに手をのばした。あたしは、こおったままのスティックに、ポットのココアをかけてあげた。

「こうすれば、ちょっとはあったかくなるでしょ？」

ちびはおいしいって顔《かお》で、もぐもぐ食《た》べている。

あたしも食《た》べようっと。よーし、シリアルにバニラアイスをのっけちゃえ。

「おいしーい！　こんなにおいしい朝《あさ》ごはん、はじめてだね。マキシおねえちゃん、なかなかやるでしょ？」

ちびは、うんうんと大きくうなずいた。そしたら、おさかなスティックのココアがテーブルの上にとびちった。

そのとき、お兄《にい》ちゃんがねむたそうに目をこすりながら、台所《だいどころ》に入ってきた。

そして、大きなあくびをしながら言《い》った。

「マキシおねえちゃん、ぼくのコーヒーは？」

「ブッブー！　ありませんよー。コーヒーはじぶんでいれてください。おさかなスティックならあります」

「うえっ！」

お兄《にい》ちゃんは、やっと目がさめたみたいで、こんどはテーブルの上を見て、目をまるくした。

「とうさんとかあさんは、いつも、こんな朝《あさ》ごはんをおまえたちに食《た》べさせてるのか？」

「ブッブー！　はずれ。お兄《にい》ちゃんが作《つく》ってくれないからでしょ。朝《あさ》ごはんは、お兄《にい》ちゃんの仕事《しごと》だよ。ちびは、おしりぷんぷんだし……」あたしは、おさかなスティックにつけたココアをなめながら言《い》った。

「おしりぷんぷん」がなんのことか、お兄《にい》ちゃんはすぐにわかって、ふうっとため息《いき》をついた。そしてちびをかかえると、さっさとバスルームへ入っていった。

ふたりの声《こえ》が聞《き》こえる。お兄《にい》ちゃんは大声《おおごえ》でさけんで、ちびはわらってる!

バスルームから出てきたお兄《にい》ちゃんは、かみの毛《け》がびしょびしょで、ちびはパジャマのズボンをはいていない。おまけに、おむつもぬげそうになっている。おむつのつけかた、もっと練習《れんしゅう》してもらわなくちゃ。

お兄《にい》ちゃんは、ぬれた頭《あたま》をぶるぶるっとふって言《い》った。

「ふたりとも、よく聞《き》いて。いまからぼくはコーヒーをいれて、ゆっくりとのむ。それから、パソコンを使《つか》って勉強《べんきょう》をする。おまえたちは、あそんでていいけど、しずかにしていること。わかったかな?」

「ダイジョブ!」ちびがはりきってこたえた。おぼえたばかりの「だいじょうぶ」が出た……と思《おも》ったら、口から出てきたのはココアの色《いろ》をした、ぐちゃぐちゃのおさかなスティックだった。さっき食《た》べたものを、ぜんぶ床《ゆか》にはいちゃった。あんなにぱくぱく食《た》べたあと、大さわぎしながらシャワーをあびたんだから、しょうがないかも。あーあ……。

ちびは、にこにこしている。お兄《にい》ちゃんは、ちびがはいたものをじっと見ていて、動《うご》かない。

お兄《にい》ちゃん、いま、心《こころ》の中でなにかさけんでるでしょ。あたしにはわかる。ぜったいに、きたないことばだ。

お兄《にい》ちゃんはだまったまま、あたしの顔《かお》を見て、ちびの顔《かお》を見て、もういっぺん床《ゆか》の上のものを見た。だめだよ、お兄《にい》ちゃん、これは「ペッペ」って言《い》うの。きたないことばは、使《つか》っちゃいけないんだからね。

なのにお兄《にい》ちゃんは、はっきりと言《い》った。

「こいつ、しょっちゅう、こんなゲロはくのか?」

やめて! そんな言《い》いかたしたら、ちびがきたないみたいだよ。かわいい弟《おとうと》でしょ。

「お兄《にい》ちゃん、これは『ペッペ』って言《い》うの! はやくおそうじして、きれいにしないと」

するとちびが床《ゆか》におりて、はいはいするみたいに、パジャマのそででペッペをふきはじめた。いつもママにやってもらってるんだから、じぶんでできるわけないのに。

ペッペは床《ゆか》のあちこちに広がってしまった。あたしだって、さわりたくない。ちょっとくさいし。いまは、かたづけてくれるママがいないんだから、お兄《にい》ちゃんにがんばってもらわないと。

「なんとかしてよ、お兄《にい》ちゃん！　はやく！」お兄《にい》ちゃんが、あたしたちのめんどうを見なくちゃいけないんだよ。

お兄《にい》ちゃんは、ぶつぶつもんくを言《い》いながら、バケツとぞうきんをもってくると、鼻《はな》をつまんで床《ゆか》をふきはじめた。あたしもてつだった。ちびもまねをした。三人でジャブジャブぞうきんを洗《あら》って、なんども床《ゆか》をふいた。

床《ゆか》はきれいになったけど、三人ともちょっとくさくなった。あたしのパジャマにも、お兄《にい》ちゃんのパンツとT《ティー》シャツにも、ペッペがすこしついている。

すぐに手を洗《あら》い、ちびのパジャマをぬがせて服《ふく》を着《き》せ、あたしも着《き》かえた。

「お兄《にい》ちゃん、はやくおせんたくしなくちゃ。ペッペはしみになるって、ママがいつも言《い》ってるよ。せんたく機《き》はどこ?」

「ぼくは、おまえたちのママじゃないぞ」お兄《にい》ちゃん、ちょっとおこってる。

「うちにせんたく機《き》はないけど、近《ちか》くにコインランドリーがある。コインランドリーって、知《し》ってる?」

「ブッブー! 知《し》らない」

「ブッブー!」ちびも、あたしのまねをした。

「そうだよな。おぼっちゃまやおじょうちゃまは、コインランドリーなんか行《い》くひつよう、ないもんな」お兄《にい》ちゃんはみんなのよごれた服《ふく》をくるくるっとまるめて、ビニールぶくろに入れると、ほかのシャツやズボンやくつ下なんかといっしょに、リュックにつめた。

「ふう。やっとコーヒーがのめそうだ。のんだら、すぐに出かけるぞ」

すごい！　これがコインランドリーってとこなんだ。大きなせんたく機《き》がずらりとならんで、ゴーゴーガンガン音をたてている。中のせんたくものが、ぐるんぐるんまわっている。おせんたくに来《き》ているのは、お兄《にい》ちゃんくらいの年の人たちだ。すわって本を読《よ》んだり、立ったままおしゃべりしたりしてる。みんな大学生なのかな。すごくうるさいところだけど、なんだかわくわくする。

お兄《にい》ちゃんは、せんたく機《き》の使《つか》いかたをおしえてくれた。そして、あたしがせんたくものを入れて、スイッチをおした。お兄《にい》ちゃんは、ちびじゃなく、あたしにぜんぶやらせてくれた！

ちびは、コインランドリーにいる人たちに、新《あたら》しいおしゃぶりを見せてまわっていた。じぶんのことを見てくれない人がいると、その人のひざをぺちぺちたたいている。ママがいたら、きっとしかると思《おも》うけど、お兄《にい》ちゃんもあたしも、だまって見ていた。ちびがたのしそうにしていると、あたしたちもうれしくなったから。

あたしとお兄《にい》ちゃんは、せんたく機《き》のまえのいすにすわった。ときどき、とびらのまるいガラスに、まわっているせんたくものがくっつく。

「マキシ、あててごらん。こんどとびらのガラスにくっつくのは、なーんだ？　T《ティー》シャツかな？　くつ下かな？」

「うーん……パンツ！」

「じゃあ、ぼくは、T《ティー》シャツ」

お兄《にい》ちゃんは、はずしてばっかり。あたしも、なかなかあたらない。

「あたった！　黒《くろ》いくつ下だったよ」

「いまのは黒《くろ》いパンツだろ」

ときどき言《い》いあいになったけど、すぐにふたりともわらいだしちゃった。気がつくと、あたしはお兄《にい》ちゃんのひざにすわっていた。こんなの、小さい子しかしてもらえないのに、お兄《にい》ちゃんは気にしていないみたい。うでをあたしのおなかにまわして、しっかりだきかかえてくれている。うれしいな！

そのとき、ちびが気がついて、こっちへやってきた。きっと、じぶんがだっこしてもらう気なんだ。あたしはあわてて言《い》った。

「だめだめ。あたしが先にすわったんだから。あたし、どかないよ」

泣《な》きだすかな？　泣《な》いても、きょうはかわってあげない。それに、ここはうるさいから、ちびが泣《な》いたってめいわくにならないと思《おも》うし……。

でも、ちびは「ダイジョブ」と言《い》うと、お兄《にい》ちゃんのひざの下にだきつき、そのままスニーカーの上にぺたんとすわった。お兄《にい》ちゃんがにっこりして言《い》った。

「なかよし三人きょうだいっていうポスターができそうだな。ねえ、だれか、写《しゃ》真《しん》とってくれない？」

するると、近《ちか》くにいたおねえさんが、せんたくものが入ったふくろを下において、ほんとに写真《しゃしん》をとってくれた。かみの毛《け》が赤くてぼさぼさで、めがねをかけている。

「いい感《かん》じでとれたわよ、トミー」女の人はにこっとして、おやゆびを立てた。「写真《しゃしん》は、あとで送《おく》るね」

「ありがとう」

やさしそうなおねえさんだし、お兄《にい》ちゃんもちょっとうれしそうだ。そのあともふたりのおしゃべりはつづいて、なかなかおわらない。あたしとちびのことは、ずっとほったらかしで、せんたくがおわった合図《あいず》のブザーがなっても、まだにこにこと話《はな》している。

へんなの！　こんなお兄《にい》ちゃん、見たことない。いつもとぜんぜんちがう顔《かお》だ。

レオンがお兄《にい》ちゃんの足を両手《りょうて》でゆすった。あたしもシャツをひっぱった。このおねえさんと、いつまでしゃべってるの？　おせんたく、おわったよ。せんたくものが、はやくとりだしてーって、言《い》ってるよ。

「お兄《にい》ちゃん、もう帰《かえ》ろうよー！」

「わかった、わかった」お兄《にい》ちゃんはため息《いき》をついて、「じゃあね」と、おねえさんにさよならをした。でも、「ほんとは、もっときみと話《はな》していたい」って、顔《かお》に書《か》いてあった。あたし、見たもん。

ざんねんだったね、お兄《にい》ちゃん。でも、ちびとあたしがいっしょにいるんだよ、あたしたちといられて、うれしくないの？　その赤毛《あかげ》のおねえさんは、よその人でしょ。

お兄《にい》ちゃんはふうーっと大きく息《いき》をはくと、きれいになったシャツやくつ下を、リュックにしまった。それから、リュックをせおって、ちびをかたぐるまし、あたしの手をにぎってコインランドリーを出た。だまって帰《かえ》り道《みち》を歩《ある》いていく。

あたしとちびが帰《かえ》ろうって言《い》ったから、おこってるのかな。

「お兄《にい》ちゃん、もしかして、あたしたちのめんどうを見るのがいやになっちゃった？」

「ブッブー！　そんなことない」お兄《にい》ちゃんはにっこりわらって、あたしの手をぎゅっと強《つよ》くにぎった。

よかった。

「あたしのブッブーが、お兄《にい》ちゃんにも、うつっちゃったね」

4　ちびがキョージュさんにプレゼントしたこと

トミーお兄《にい》ちゃんのところへ来《き》て、三日目になった。いろんなことになれてきて、もう、ずっとまえからいるような気がする。それでも、毎日《まいにち》びっくりすることがたくさんあって、あたしもレオンも、たのしくてたまらない。きっと、お兄《にい》ちゃんもだ。

きょうお兄《にい》ちゃんは、もんくを言《い》わずに、あたしたちといっしょに早起《はやお》きしてくれた。

でも、ちょっぴりぶつぶつ言《い》った……。「夜中《よなか》にちびが、キリンのぬいぐるみを鼻《はな》におしつけてきたぞ」って。それに、あたしは三回《かい》くらいせなかをけとばしたんだって。ぜんぜん、おぼえてないけど、夢《ゆめ》の中でけったのかも。お兄《にい》ちゃんは、いたかったたって言《い》ってる。

それでも、きょうはあたしたちのために、ちゃんとした朝《あさ》ごはんを用意《ようい》してくれた。あたしがおしえてあげたとおりに。たよりになる妹《いもうと》がいてよかった、って思《おも》ってるんじゃないかな。

お兄《にい》ちゃんはちびのために、パンにはちみつをぬってやった。でも、ママとちがって、小さくちぎって食《た》べさせてあげたりはしない。

「もう、じぶんで食《た》べられるのに、『あーんしてー』なんて、おかしいだろ、ちび。はい、ちゃんと両手《りょうて》でもって」

ちびは「ダイジョブ」と言《い》ったけど、そのとたん、はちみつがべっとりついたパンを、床《ゆか》におとしてしまった。あーあ、やっちゃった！

お兄《にい》ちゃんはちょっとかたをすくめて、やれやれって顔《かお》をした。でも、すぐにわらいだした。だって、ちびが床《ゆか》にぺたりとすわり、パンをひろって食《た》べはじめたんだから！　小さな口で、大きなパンにかじりついている。小さくしてあげなくてもへいきだってこと、ママにおしえてあげないと。

ところが、パンを食《た》べおわったちびは、床《ゆか》についたはちみつを、ぺろぺろとなめだした。あたしは、あわてて言《い》った。

「ちび、そんなことしたら、ママにしかられるよ」

「ママじゃなくても、これはだめだろ」お兄《にい》ちゃんはそう言《い》うと、ぞうきんをもってきて、床《ゆか》のはちみつをふきとった。

ちびがいると、しょっちゅう、ぞうきんがひつようになる。それは、お兄《にい》ちゃんも、もうわかったみたい。でも、ママとちがうのは、ちびの手や顔《かお》はふいてあげないってとこ。お兄《にい》ちゃんはタオルをぬらしてきて、ちびにわたした。

「あとは、じぶんでできるよな。お兄《にい》ちゃんは、ママとはちがうぞ」

「ダイジョブ……」ちびは、ズボンをごしごしふきはじめた。ズボンのつぎは顔《かお》をふいて、そのあと、タオルを頭《あたま》にのせた。どうだ、って顔《かお》ですましている。

あたしは思《おも》わず、ぷっとふきだした。お兄《にい》ちゃんもわらいながら、ちびの頭《あたま》の上のタオルをとった。

「はじめてにしては、上出来《じょうでき》だよ。あとは、じぶんでおむつをかえられたら、言《い》うことなしだ。『じぶんでできる子』めざして、がんばろうな」

「ダイジョブ！」ちびは、はりきってトイレへむかった。

お兄《にい》ちゃんとあたしは顔《かお》を見あわせて、にっこりわらった。じぶんでおむつをかえるなんて、まだ、できっこない。それでも、ふたりでかんぱいすることになった。お兄《にい》ちゃんはコーヒー、あたしはココア、なかのいい兄《あに》と妹《いもうと》で。

「がんばってるちびに、かんぱーい！」

なんだか、おなかのあたりが、あったかくなった。ココアのせいじゃない。ちびのおむつ、てつだいに行ってあげようかな。でも、もうすこしあとで。あとちょっとだけ、このままでいたい……。


あたしは、食器《しょっき》をふいているお兄《にい》ちゃんにきいた。

「きょうはなにをするの？　公園《こうえん》であそぶ？」

ほんとはきかなくてもわかってる。子どもは公園《こうえん》であそぶものなんだから。とくに、レオンのようなおちびさんは。

でも、お兄《にい》ちゃんのこたえはちがった。

「公園《こうえん》なんか行《い》かないよ。ぼくは子どもじゃないんだから。きょうは講義《こうぎ》へ行《い》く。おまえたちもつれてくぞ」

「コウギ？　そこって、ブランコもある？」あたしは、おさらをたなにしまいながらきいた。お兄《にい》ちゃんだけに、あとかたづけをさせるわけにはいかないよね。

「ブッブー！　ブランコはない。大学だからね。いいやつがたくさんいるよ。うす暗《ぐら》い大きな教室《きょうしつ》で、教授《きょうじゅ》がたいせつな話《はなし》をしてくれる。ぼくらはそれを聞《き》きながら、だいじなことをノートに書《か》く。オッケー？」

「オッケー！」

大学って、知《し》ってる。まえに、パパとママがおしえてくれた。小学校より、もっといろんなことをお勉強《べんきょう》するところだって。トミーは大学に通《かよ》っているから、たくさん勉強《べんきょう》しなくちゃいけないいんだ、って。

でも、「コウギ」ってなんだろう。はじめて聞《き》いたけど、ちょっとたのしそう！　きっと、砂場《すなば》やすべり台《だい》よりおもしろいところだ。

「ちび、きょうはお兄《にい》ちゃんとコウギへ行《い》くよ！　はやく、したくしよう！」

あたしはちびに上着《うわぎ》を着《き》せてから、じぶんのリュックに、レオンのキリンさんをおしこんだ。ちびはまだ、じっとしているのがにがてだ。キリンのぬいぐるみがないと、こまったことになるかも。もちろん、あたしはなくたってへいき。

それから、三人で自転車《じてんしゃ》に乗《の》って大学へ行《い》った。ちびはまえかご。あたしはうしろ。この乗《の》りかたにも、もうなれた。

大学は、お兄《にい》ちゃんがおしえてくれたとおりのところだった。うす暗《ぐら》い大きな教室《きょうしつ》に、大学生がたくさんいる。でも、お兄《にい》ちゃんみたいにかっこいい人は、ほかにいない。みんな、おしゃべりしたり、わらったり、ガタガタ音をたてたりしている。小学校では、教室《きょうしつ》でこんなにうるさくしたら、すぐ先生にしかられるよ。

あたしたちは教室《きょうしつ》のまんなかあたりの席《せき》に、三人ならんですわった。お兄《にい》ちゃんはリュックからえんぴつと紙《かみ》をとりだして、あたしとレオンにわたしてくれた。あたしは、つくえの上にキリンのぬいぐるみをおいた。

そのとき、まえのドアがあいて、めがねをかけた背《せ》の高《たか》い男の人が入ってきた。みんなにむかってちょっとかた手をあげると、すたすたと黒板《こくばん》のまえに歩《ある》いていく。おしゃべりがぴたりとやんで、いままでうるさかった教室《きょうしつ》が、しーんとなった。

きっと、この人がキョージュさんだ。あたしのクラスが、こんなにしずかになったことなんてないかも……。そう思《おも》ったとき、声《こえ》がひびいた。

「あうー、ううー」

ちびがキリンさんの首《くび》をなめながら、うなってる！　キョージュさんが、ちらりとこっちを見た。まずい、おいだされる……。

でも、キョージュさんはちょっとわらって、すぐに話《はな》しだした。あとはずーっと、しゃべりっぱなし。いつまでたっても、お話《はなし》はおわらない。ときどき、こっちにせなかをむけて、大きな黒板《こくばん》にへんなジグザグの絵《え》をかくけど、なんの絵《え》か、ぜんぜんわからない。

まわりの人たちは、だまってノートになにか書《か》いている。お兄《にい》ちゃんもまゆとまゆのあいだにしわをよせ、黒板《こくばん》のへんな絵《え》を書《か》きうつしている。ちびもえんぴつを二本にぎって、紙《かみ》にらくがきをはじめた。お兄《にい》ちゃんのまねをしてるんだ。

あたしは、なにも書《か》かずに黒板《こくばん》を見ていた。ちょっとおもしろい絵《え》もあるけど、なにが書《か》いてあるのかわからないし、ちっともきれいじゃない。お日さまやおうちを書《か》けばいいのに。

あたしはお兄《にい》ちゃんのそでをひっぱって、小声《こごえ》できいた。

「キョージュさんが、黒板《こくばん》に書《か》いてるの、なに?」

「あれは、公式《こうしき》っていうんだよ。だいじなことをあらわしているんだ。ぼくにも、なかなかぜんぶは、わからないんだけどね……」お兄《にい》ちゃんはひそひそと言《い》って、ため息《いき》をついた。

ちょうどそのとき、キョージュさんがめがねをちょっとあげて、みんなにきいた。

「ここまではいいかね？　ぜんいん、ちゃんとわかりましたか？」

ぐるりと見まわすと、たくさんの人がうなずいていた。でも、うーん、と首をかしげてる人もいる。

こまっている人は、たすけてあげないと。お兄《にい》ちゃんのこともね。あたしは手をあげて、大声《おおごえ》でさけんだ。

「ブッブー！　あたしもお兄《にい》ちゃんも、よくわかりません！」

キョージュさんはびっくりした顔《かお》になり、またちょっとめがねをあげた。じいっとこっちを見ている。まわりの人たちが、くすくすわらいだした。見まわすと、うしろの席《せき》の人は、のびあがってこっちを見ている。お兄《にい》ちゃんは下をむいてしまった。顔《かお》がまっ赤っかだ。

しまった、しっぱいした。

ところが、キョージュさんはあたしを見て、にっこりわらった。すごくやさしそう。

「小さい学生さんから意見《いけん》が出たので、もういちどはじめから説明《せつめい》しよう。みんな、それでいいかな?」

「ダイジョブー!」ちびがうれしそうにさけぶと、まわりじゅうの人がいっせいにわらいだした。キョージュさんも、いっしょになってわらっていたけれど、すぐに「しずかに!」と言《い》って、また黒板《こくばん》にへんな絵《え》を書《か》きはじめた。

それじゃ、さっきとおんなじだよ。みんなには、またわからないと思《おも》うけど……。

「あたし、おてつだいしてくる」小さい声《こえ》で言《い》って立ちあがると、お兄《にい》ちゃんがあわててあたしをつかまえようとした。

でも、あたしはすばやくつくえの下にもぐり、さっさと黒板《こくばん》のまえへ出ていった。そして、チョークをもち、キョージュさんのへたな絵《え》のとなりに、ぴっかぴかの大きなお日さまをかいてあげた。お日さまの絵《え》はいちばんとくいだし、だれだって、見たらすぐにわかるでしょ?

でも、キョージュさんは、ものすごくおどろいた顔《かお》で、黒板《こくばん》を見つめている。お日さまの絵《え》、見たことないのかな？　それから、あたしをじいっと見て、動《うご》かなくなった。いまにも泣《な》きだしそうに見える。でも、もしかしたら、わらいたいのかな。めがねがきらきら光《ひか》ってるから、どっちなのかわからない。

そうだ、まず、ごあいさつしなくちゃ。

「あたしは、マキシと言《い》います。これは、お日さまです」

「わたしは、ハリーです」ハリー先生は小さ

な声《こえ》で言《い》うと、ポケットからハンカチを出して、顔《かお》をおおった。やっぱり泣《な》きそうなのかな。いじわるするつもりはなかったのに。

そこへ、お兄《にい》ちゃんがまっ赤な顔《かお》でとんできた。あたしをつれもどそうとしてるんだ。

「やだ、もどらない」

あたしがいやがっているあいだに、教室《きょうしつ》にいたほかの人たちが、にこにこしながら黒板《こくばん》のまえに出てきて、チョークのとりあいをはじめた。チョークをもった人は、かってにすきなものをかいている。へんな顔《かお》やハートのマークや、ネコや雲《くも》の絵《え》。わいわい言《い》いながら、たのしそう。

なーんだ、みんな、お絵《え》かきがしたかったんだ！

気がついたら、お兄《にい》ちゃんとあたしは、お絵《え》かきをする人たちにかこまれていた。ハリー先生は黒板《こくばん》のはしっこのあたりに立って、ハンカチではなをかんでいる。いすにのこっているのは、ちびだけだ。ひとり、ぽつんとすわって、キリンさんの首《くび》をくわえたまま、むちゅうでえんぴつを動《うご》かしている。
「レオン、いまもどるから、そこでじっとしてろよ！」お兄《にい》ちゃんはまわりの人をかきわけて、ちびのところへ行《い》こうとした。

でも、ちびはお兄《にい》ちゃんの声《こえ》が聞《き》こえたとたん、紙《かみ》をもっていすからおり、歩《ある》きだした。まっすぐにむかったのは、あたしでもお兄《にい》ちゃんでもなく、ハリー先生のところだ。ちびはもってきた紙《かみ》を先生に見せて、言《い》った。
「ダイジョブ？」

あたしたちは、あわててちびのそばへ行《い》き、紙《かみ》をのぞきこんだ。ちびのかいた

絵《え》は、先生が黒板《こくばん》に書《か》いたのにちょっとにていた。

「あ、ああ、だいじょうぶですよ」先生は紙《かみ》を手にとってじいっと見てから、ちびに言《い》った。

「きみ、これはじつに興味深《きょうみぶか》いですね。ぜひ研究《けんきゅう》してみましょう」

ちびはうれしそうにうなずいた。なんにもわかってないのに。

先生はわらいだし、それから、パンパンと手をたたいて、黒板《こくばん》のまえの学生たちによびかけた。

「きょうの講義《こうぎ》は、ここまで！」

先生もほかのみんなも、わらいながら教室《きょうしつ》を出ていった。わらっていないのは、お兄《にい》ちゃんだけだ。左手であたしを、右手でちびをつかまえたまま、じっと立っている。まだ、顔《かお》がまっ赤だ。

どうして赤いのか、あたしにはわかる。はずかしいから。パパも、はずかしいと顔《かお》が赤くなる。お兄《にい》ちゃんの顔《かお》、パパにそっくり！

だれもいなくなると、お兄《にい》ちゃんが言《い》った。

「帰《かえ》るぞ」

えーっ、あたし、もうすこしいたいのに。大学って、公園《こうえん》よりずっとたのしいんだもん。

「あしたも来《こ》ようね、お兄《にい》ちゃん」

「だめ。ぜったい来《こ》ない」お兄《にい》ちゃんは言《い》いながら、ちびをおんぶした。

ちびは「ダイジョブ……」とつぶやき、キリンさんの首《くび》をにぎったまま、すぐに目をとじた。

「……わかった」あたしはしかたなく、小さな声《こえ》で言《い》った。

帰《かえ》り道《みち》、お兄《にい》ちゃんはちびをおんぶしたまま、あたしをサドルにすわらせて、ゆっくりと自転車《じてんしゃ》をおしてくれた。

あしたもコウギに行きたかったけど、きょうはおとな用《よう》のサドルにすわれたから、いいことにしよう。

5　どうしてとつぜんホームシックになったか

トミーお兄《にい》ちゃんといると、一日がすごくみじかい。一週間《いっしゅうかん》なんて、あっというまにおわっちゃいそう。たくさんすることがあるし、はじめてのこともいっぱいある。パパやママとうちにいるときは、学校へ行《い》って、あとはあそぶだけだけど、ここではぜんぜんちがって、あそんでいるひまなんかない。

パパとママは、毎日電話《まいにちでんわ》をかけてきた。一日に二回《かい》、かけてくることもある。あたしたちに会《あ》いたくてたまらないんだって。ママなんか、電話《でんわ》で泣《な》いてた。パパもだったかな？　あたしとちびは、ぜんぜん泣《な》いてないのに。

だけど、いまは、ちびが泣《な》いている。おうちに帰《かえ》りたいからじゃなくて、「ぷんぷん……ぷんぷん……」っておしりがくさくなるまえに「お知らせ」してるのに、お兄《にい》ちゃんがなんにもしてくれないからだ。あたしは、お兄《にい》ちゃんのそでをひっぱった。

「ねえ、ちびがくさくなっちゃうよ。てつだってあげて！」

でも、お兄《にい》ちゃんには聞《き》こえないみたい。パソコンとにらめっこしたまま、いそがしそうにキーボードをたたいている。

あたしは、ひっくひっく泣《な》いているちびの手をにぎって、お兄《にい》ちゃんのそばへつれていった。

「ねえ、お兄《にい》ちゃんってば！」

「うーん。マキシ、いいかげんにしてくれよ」

「だって！　ちびは、ちゃんとおしえてるんだよ。いそがないと、まにあわなくなっちゃう」

「だったら、おまるにすわらせればいいだろ」こっちを見もしないで、まだキーボードをたたいてる。

「そんなこと言《い》ったって、おまるはもってきてないもん」ここは、ちゃんと「お知《し》らせ」してるちびのために、なんとかしてあげたい。

「じゃあ、トイレに行けばいいじゃないか。トイレはここにもあるぞ」まだパソコンをにらんだままだ。

「でも……トイレでは、まだしたことがないんだよ」

お兄《にい》ちゃんはやっと立ち

あがって、泣《な》きわめいているちびをだきあげた。やれやれって顔《かお》してる。

「ちび、トイレでできるよな？　お兄《にい》ちゃんは、できるほうにかけるぞ」

「ダイジョブ……」ちびは泣《な》きながらこたえた。あたしは思《おも》わずわらってしまった。「かけるぞ」なんて言《い》われても、ちびにはわかんないよ。

でも、お兄《にい》ちゃんはちびをだいたまま、バスルームに入っていった。あたしは、あわてておいかけた。ちびがトイレでできるかどうか、見なくっちゃ！

お兄《にい》ちゃんのうしろからのぞくと、ちびはおむつをとって、トイレにすわっていた。お兄《にい》ちゃんがトイレのまえにしゃがんで、しっかりと両手《りょうて》でささえている。

「ちび、『おしりぷんぷん』になるまえに、こうやってトイレに入って、すればいいんだ。そしたら、おむつはいらないし、おしりもくさくならない。ちびにはもう、おむつをしないからね。だいじょうぶだよな？」

ちびは「ダイジョブ……」と言《い》って、赤い目をこすった。

お兄《にい》ちゃんが、見ててごらん、というように、ちらっとあたしを見た。

そのとき、プウウ、ポチャン！　と、かわいい音が聞《き》こえた。

やった、ちびがトイレでできた！

「えらいぞ、ちび！」お兄《にい》ちゃんはにっこりわらって、おしりをふいてあげた。それから、ちびを床《ゆか》に立たせて言《い》った。

「これで、『トイレでできる子』になったぞ。マキシ、はくしゅは？」

あたしはあわてて、パチパチと力いっぱい手をたたいた。すごい、すごい！　パパとママが知《し》ったら、どんなにおどろくだろう。

「ダイジョブー！」ちびはおむつをつけずにズボンをあげると、目をきらきらさせて走《はし》りだした。まっすぐ、パソコンのあるつくえにむかっていく。

「よし、これでかいけつだ！　マキシおねえちゃんも、うれしいだろ？　ゆうしゅうな兄《あに》きに、はくしゅは？」

もちろん、すっごくうれしい！　あたしはお兄《にい》ちゃんにもはくしゅをした。手がまっ赤になるくらい、たくさん。ちびが、はじめてトイレでできたんだもん。

あたしはきいた。

「これからは、いつも、トイレでできるかな？」

「どうかな。ま、ようすを見ようよ。あとで、ちびのパンツを買《か》いに行《い》こう」お兄《にい》ちゃんは、あたしの頭《あたま》をくしゃくしゃっとなでた。かみの毛《け》をくしゃくしゃにされるのはすきじゃないけど、お兄《にい》ちゃんなら、いいや。

「ちびは、これから練習《れんしゅう》していけばいいさ。そうだ、練習《れんしゅう》で思《おも》いだした。きょうは、いっしょにバンドをやってるなかまと、練習《れんしゅう》する約束《やくそく》をしてたんだ。子どもがすきそうな音楽《おんがく》じゃないし、長《なが》い時間《じかん》やるから、おまえたちにはたいくつだと思《おも》うけど……」

たいくつなんかじゃない、あたしもレオンも、音楽《おんがく》は大すきだよ！

「いっしょに行《い》く！」

あたしは、パソコンのキーボードをパシパシたたいていたちびの手をひっぱって、お兄《にい》ちゃんといっしょに、玄関《げんかん》を出た。お兄《にい》ちゃんはせなかにギターをせおい、あたしは「トイレでできる子」と手をつないだ。リュックには、バナナも入れてきた。お友《とも》だちのところには、おやつがないかもしれないし。それと、もしかしたらいるかもしれないから、おむつももった。

「すぐそこだから、歩《ある》いていこう。歩くと、いろんなものが見えるぞ。三人ともりっぱな足があるんだから、使《つか》わないともったいないだろ」

お兄《にい》ちゃんの言《い》うとおりだ。でも、ちびの足はすごくみじかくて、まだりっぱとは言《い》えない。三人で歩《ある》いているうちに、ちびの歩《ある》きかたが、すこしずつおそくなってきた。

すぐそこって言《い》ったのに、もう、ずいぶん歩《ある》いてる気がする。角《かど》をまがって、

まっすぐ行《い》って、また角《かど》をまがって、
まっすぐ……。
「ねえ、まだ？」ときこうと思《おも》ったら、お兄《にい》ちゃんが言《い》った。
「とうさんもかあさんも、おまえたちをあまやかしすぎなんだよ。『どこへ行《い》きたいの？　さ、乗《の》りなさい』って、すぐ近《ちか》くでも車で行《い》くんだろ」

ちょっといじわるな言《い》いかただけど、ほんとうにそうだ。

あたしは、ちびの手をしっかりとにぎりなおした。あたしの足はまだまだへいき。ちびの足だって、まだ動《うご》く。歩《ある》きたがらないのは、わがままなだけ。

「見てごらん、ちび！　いろんなおうちがあるね。明《あか》るい色《いろ》のかべのおうちもあるし、灰色《はいいろ》のかべのおうちもあるよ。ほら、えんとつから、けむりが出てる！あ、むこうにワンワンがいる。すっごくふとったのと、ちっちゃいのと、二ひき。クンクンにおいをかぎあって、なかよくあそんでるね」

「ワンワン！」ちびがうれしそうにさけんだので、あたしはつないでいる手をはなさないよう、強《つよ》くにぎりなおした。どんなに足がつかれていても、ちびは犬を見たら、かけだしてしまうから。

お兄《にい》ちゃんの言《い》ったとおり、歩《ある》いているといろんなものが

なものが。車や自転車《じてんしゃ》に乗《の》っていたら、ビュンビュン通《とお》りすぎて気がつかないよう見える。

くつ屋《や》さんのまえを通《とお》ったとき、中をのぞいてみたら、革《かわ》のエプロンをしたお兄《にい》さんがすわっていた。ハサミやかなづちを使《つか》って、くつを作《つく》っている。くぎと、大きな布《ぬの》みたいな革《かわ》が見える。

パパとママがくつを買《か》ってくれるときは、いつもデパートへ行《い》く。あたしたちは、できあがったくつがならんでいるのしか、見たことがなかった。だから、あたしもちびも、くつ屋《や》さんの仕事《しごと》をもっと見ていたかったのに、「もう行《い》くぞ」とお兄《にい》ちゃんにひっぱられた。

お兄《にい》ちゃんは、あたしたちに噴水《ふんすい》を見せたかったみたい。石でできたたくさんのカエルがぐるりと池《いけ》をとりかこみ、カエルの大きな口からピューッとふきだした水が、池《いけ》のまん中にむかっておちていく。

「ほら、カエルが、ペッペしてるよ」

あたしが言《い》うと、お兄《にい》ちゃんもちびも大きな声《こえ》でわらった。

「さ、行《い》こう。あのアパートだ」

お友《とも》だちの家《いえ》のドアのまえに立つと、きょうはちびにチャイムをおさせてあげた。

すぐにドアがあいて、お友《とも》だちのボブさんが出てきた。やせて背《せ》の高《たか》いお兄《にい》ちゃんとはぜんぜんちがって、背《せ》がひくくて、顔《かお》も体《からだ》もまるい。頭《あたま》にはかみの毛《け》がなくて、つるつるだ。

ボブさんは、あたしたちがいっしょにいても、ちっともおどろかなかった。お兄《にい》ちゃんのかたをこぶしでなぐるまねをして、あたしとレオンにはあくしゅをしようと手をさしだした。あくしゅがすむと、「さあ、どうぞ」と、中へ入れてくれた。

うわあ！　部屋《へや》じゅう、本でいっぱい。本だなの中も、かべのまえも、いすの上も、本だらけ。床《ゆか》の上にも、山になってる。

「どこにすわるの？」

あたしがきくと、お兄《にい》ちゃんは、ギターをケースから出しながら言《い》った。

「すわらない。ぼくらはいつも、立ったまま練習《れんしゅう》するんだ」

「ダイジョブ」ちびは本の上にぺたっとすわった。あたしも、本を三さつつんで、その上にすわった。

「ふたりとも、しばらくしずかにしててくれよ」お兄《にい》ちゃんが言《い》って、ふたりは練習《れんしゅう》をはじめた。

お兄《にい》ちゃんがギターで、ボブさんはフルート。はじめはゆっくりと小さな音だったけど、だんだんはやく、大きな音になった。お兄《にい》ちゃんは足でリズムをとり、ボブさんは体《からだ》をくねくねさせて、ふいている。ギターとフルートの音がとんだりはねたりして、まるで音がダンスをしているみたい。

つづいて歌《うた》がはじまった。ひとりがうたったり、ふたりでいっしょにうたったり。ふたりの声《こえ》がかさなりあうと、すごくきれい。声《こえ》が大きくなって、小さくなって、はやくなって、ゆっくりになって……。

これって、パパがときどきじぶんの部屋《へや》で聞《き》いている音楽《おんがく》ににてる。音楽《おんがく》をかけてるとき、パパは、「ひとりにしてくれないか」って言《い》って、あたしたちを部《へ》屋《や》に入れてくれない。

ちびは目を大きく見ひらいて、お兄《にい》ちゃんとボブさんを見あげている。あたしも耳をすまし、ふたりを見ていた。

お兄《にい》ちゃんがギターをひきながら、目をとじて、メロディーをうたっている。あたしたちがいることとなんかわすれて、どこかとおいところへ行《い》っちゃってるみたい。こんなお兄《にい》ちゃん、はじめて見た。ちびもおどろいているのかな。さっきからずっと、おとなしい。

あたしは、むねのあたりがなんだかもやもやしてきた。お兄《にい》ちゃんは目のまえにいるのに、ここにはいないんだ。ギターをひいたり、うたったりするのがたのしいから。あたしとちびはじゃまなの？　ひとりで音楽《おんがく》を聞《き》いてるときのパパみ

たいに。

ふいに、ちびがあたしのひざに乗《の》って、だきついてきた。目からなみだがあふれそうになっている。

「……パパ……ママ……」いまにも、大声《おおごえ》で泣《な》きだしそうだ。へんだなあ、なんだか、あたしも泣《な》きたくなってきた。

そのとき、あたしがすわっていた本がくずれて、ちびといっしょに床《ゆか》にひっくりかえってしまった。

お兄《にい》ちゃんとボブさんは、すぐに演奏《えんそう》をやめた。お兄《にい》ちゃんは目をあけて、「うーん」とうなった。とおくに行《い》っていたお兄《にい》ちゃんが、もどってきた。いらいらすると「うーん」ってうなるのは、いつものお兄《にい》ちゃんだ。

ボブさんはつるつるの頭《あたま》をぽりぽりかいて、くずれた本とあたしたちをフルートでさしながら言《い》った。

「緊急事態《きんきゅうじたい》みたいだな」

「そうらしい」お兄《にい》ちゃんはため息《いき》をついて、ギターをおいた。それから、泣《な》きそうになってるあたしとちびをだきしめて、きいた。

「ホームシックかな。マキシ、おうちに帰《かえ》りたいのか？　さびしくなっちゃった？」

あたしはうなずいた。そしたら、ほんとうになみだがあふれてきた。パパとママがいないからじゃない。ちびはそうかもしれないけど、あたしはちがう。あたしは、お兄《にい》ちゃんがとおくへ行《い》っちゃったから……。

でも、なんて言《い》えばいいのか、わからなくて、だまっていた。

ボブさんがフルートをなでながら言《い》った。

「知《し》ってる？　音楽《おんがく》にはふしぎな力があ

るんだよ。みんなを元気《げんき》にする力もあるんだ」

お兄《にい》ちゃんは、なにも言《い》わないで、あたしとちびのせなかをなでてくれている。

あたしは、うれしくなって、だんだん、おなかのあたりがあったかくなってきた。

ボブさんはとなりの部屋《へや》へ行《い》き、すぐに銀色《ぎんいろ》のハンドベルと小さな太鼓《たいこ》をもってきた。

「さ、マキシちゃんもレオンくんも、はなをかんで。ホームシックなんか、ちーんして、ゴミ箱《ばこ》にポイしちゃえ。思《おも》いきり太鼓《たいこ》をたたいて、ベルをならして、さびしい気持《きも》ちをふっとばそう！　マキシちゃんが太鼓《たいこ》、レオンくんはベルだ。ぼくらといっしょに、音楽《おんがく》を演奏《えんそう》しようよ」

「ダイジョブ！」ちびがぱっとベルにとびついた。ボブさんがあたしの首《くび》に太鼓《たいこ》のひもをかけてくれた。ギターとフルートと太鼓《たいこ》とベル。四人でいっしょに音を出した。

タンタカタンタンタンタン！

リンリンリン！

めちゃくちゃな曲《きょく》になったけど、すっごくたのしい！　ちびもすっかりごきげんだ。

　ボブさんのフルートがピロピロローとうたった。かわいい小鳥《ことり》たちがあそんでいるみたい。ベルの音が、小鳥《ことり》たちをおいかける。ギターの音がジャンジャカひびいて、お兄《にい》ちゃんの左手が左右《さゆう》に動《うご》くと、音が高《たか》くなったりひくくなったりする。まるでまほうみたい。

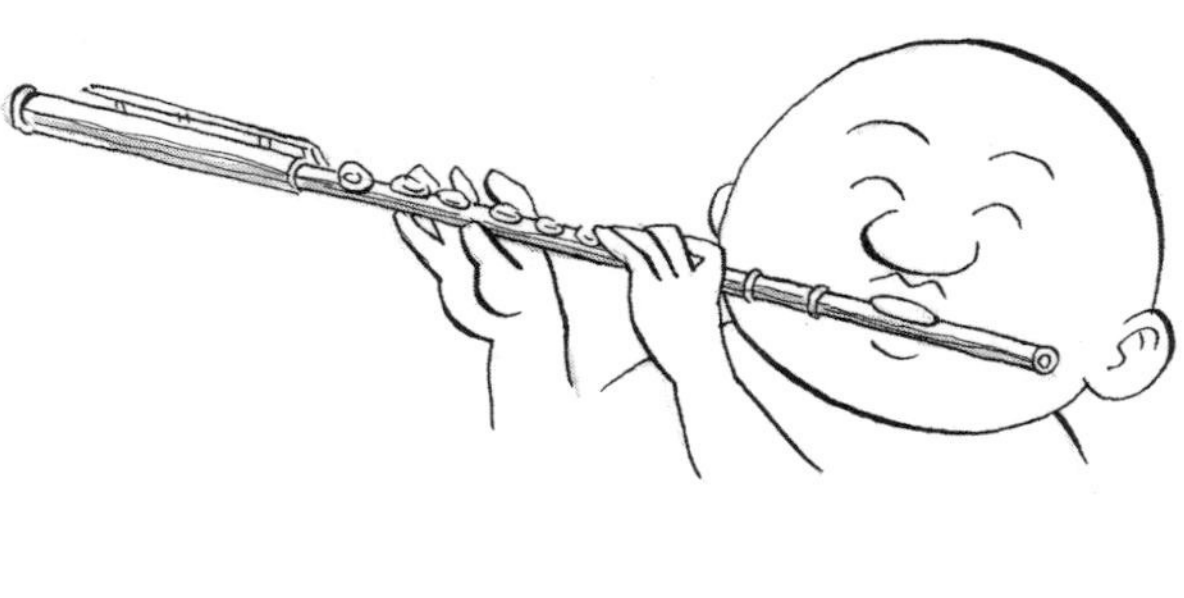

お兄《にい》ちゃんはにこにこして、大きな声《こえ》でうた

いだした。あたしもギターと歌《うた》にあわせて、元気《げんき》に太鼓《たいこ》をたたいた。むちゅうでたたいているうちに、さびしい気持《きも》ちはどこかへとんでいった。あたしは大きな声《こえ》で言《い》った。

「あんまりうるさいから、おうちに帰《かえ》りたい病《びょう》もどっかへとんでったよ！」

すると、ボブさんがフルートをふくのをやめて、かべをゆびさした。「しーっ！　おとなりさんも、うるさいってさ」

ほんとだ、ドンドンドンと音がする。となりの部屋《へや》の人が、かべをたたいてるらしい。

ボブさんはこまったようにわらって、かたをすくめた。

お兄《にい》ちゃんはかべにむかって、あっかんべーをしてる。

すぐにちびがまねをした。お兄《にい》ちゃんがすることは、な

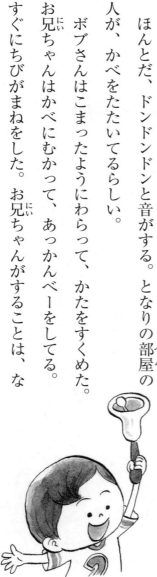

んでもまねするんだ。

そのとき、ボブさんがあたしにウインクした。あたしもウインクをかえした。目と目で合図《あいず》するのって、ちょっとすてき。ボブさんの気持《きも》ちがわかっちゃった。

ボブさんは、しずかにフルートをふきはじめた。

あっ、これ知《し》ってる。「キツネの歌《うた》」だ！

ボブさんはふきながら、つま先立ちになって、そろりそろりと部屋《へや》の中を歩《ある》きだした。あたしはだまって聞《き》いていた。

「キツネの歌《うた》」は、キツネがガチョウを食《た》べにきて、りょうしにてっぽうでうたれてしまう歌《うた》だ。まえ、ちびはこの歌《うた》を聞《き》くと、いつも泣《な》きだした。たぶん、ガチョウさんもキツネさんもかわいそうだからだと思《おも》う。それで、あたしは新《あたら》しい歌詞《かし》を作《つく》って、よくちびにうたってあげていた。

「ちび、おぼえてるよね？　お兄《にい》ちゃんにも、おしえてあげよう」

ちびは大きくうなずいた。あたしは太鼓《たいこ》をたたいて、ボブさんのうしろを歩《ある》きながらうたった。

「キツネと　ガチョウは　ともだちさ　ともだちさ
りょうしが　きたって　へい、へい、へっちゃら！

ちからを　あわせて　おいはらおう」

ちびも大よろこびで、すぐにあたしのうしろを歩《ある》きだした。力いっぱいベルをふって、ところどころ、いっしょにうたってる。あたしが作《つく》った歌詞《かし》、ちょっぴりおぼえてたみたい。

お兄《にい》ちゃんとボブさんが、目で合図《あいず》しあうのが見えた。「この歌詞《かし》、いいね。マキシちゃん、なかなかやるな」って言《い》ってるんだ。ぜったい、そう。

ね、いいでしょ？　まあ、なんでもうまくいくってわけじゃないけど……。

四人でうたいながら、楽器《がっき》をならして、床《ゆか》の上のものをよけながら行進《こうしん》した。

こんどは小さな音で、そーっと。

しばらくそうやって行進《こうしん》してたけど、そのうち、帰《かえ》らなくちゃいけない時間《じかん》になった。ボブさんが、ご用《よう》があるんだって。あたしはお兄《にい》ちゃんにきいた。

「あしたも来《き》ていい？」

「ブッブー！　あしたは、ほかにやることがあるんだ」

アパートに帰《かえ》ってからも、あたしたちはたくさんうたった。いちばん大きな声《こえ》を出したのはちびだ。そういえば、おむつをしてなかったのに、おもらししなかったね、ちび！

6　パパとママは、まちがっていなかったこと

トミーお兄《にい》ちゃんのところに来《き》てから、いちばんうれしいのは、三人がいつもいっしょにいられること。昼《ひる》も夜《よる》も、ずーっといっしょ。でもそれは、パパとママのかわりに、お兄《にい》ちゃんがあたしたちのめんどうを見なくちゃいけないからだ。

パパとママが、まだまだむかえにきませんように……。

きょうの朝《あさ》ごはんは、あたしが用意《ようい》した。きのうはお兄《にい》ちゃんがてつだってくれたけど、きょうは、ひとりでぜんぶやった。

ちびは、はちみつをぬったパンをほおばっている。小さくちぎったのじゃなく、あたしたちとおなじ大きさの。

お兄《にい》ちゃんはコーヒーをのんでるけど、目はまだちゃんとあいていない。すごくねむたそうだ。きのうの夜《よる》は、あたしたちが横《よこ》になったあともずーっと、キーボードをたたく音がしていた気がする。すごく時間《じかん》がたってから、やっとお兄《にい》ちゃんもふとんに入ってきて、「天使《てんし》さま、マキシとレオンがいい夢《ゆめ》を見られますように」って、小声《こごえ》でお祈《いの》りしてくれたのが聞《き》こえた。

ちびはパンを食《た》べおわると、さっさとひとりでトイレへむかった。すぐにお兄《にい》ちゃんがようすを見にいったので、あたしはテーブルをかたづけて、食器《しょっき》を洗《あら》った。お兄《にい》ちゃんに言《い》われなくても、ちゃんと洗《あら》うことにしている。おさら洗《あら》いはとくいだし、おもしろいから。

うちでは、手でおさらを洗《あら》ったりはし

ない。食器洗《しょっきあら》い機《き》がぜんぶきれいにしてくれる。食器洗《しょっきあら》い機《き》はパパが、ママのおたんじょう日にプレゼントしたんだけど、ママはとびあがってよろこんでた。ただの白くて四角《しかく》い機械《きかい》なのに、どうしてそんなにうれしいのか、あのときはさっぱりわからなかったけど、いまはもっとふしぎ。だって、機械《きかい》に洗《あら》ってもらったら、こんなにおもしろいものが見られないんだよ。手で洗《あら》うと、おさらやカップが、あわの海《うみ》にぶくぶくしずんでいったり、フォークやスプーンが、チャリチャリ音をたてたりして、すごくたのしい。なんだか、いっしょにうたいたくなっちゃう。

お昼《ひる》ごはんのあとで本を読《よ》もうとしていたら、お兄《にい》ちゃんがよんだ。

「マキシ、ちび、出かけるぞ！　これからカフェで仕事《しごと》だ」

お兄《にい》ちゃんはリュックをせおい、おなかのところでリュックのベルトをカチャッとしめた。

「お客《きゃく》さんは、ほとんど大学生なんだ。いそがないと。みんながぼくをまってるからね」

「黒板《こくばん》にいっしょに絵《え》をかいた人たちも来《く》る？」あたしとレオンのことも、まってるかな？」あたしはちびのくつひもをむすんでやりながら、きいた。ちびはもう、おむつもいらないし、パンもじょうずに食《た》べられるけど、くつひもはまだうまくむすべない。「よし、できたよ、レオン！」

きょうも自転車《じてんしゃ》はおいたまま。ずんずん歩《ある》くお兄《にい》ちゃんにかたぐるまされて、ちびはぴょこぴょこはずんでいる。あたしはかけ足でうしろをついていった。

「カフェはすぐそこだから」と、お兄《にい》ちゃん。

ほんとかな？　こないだの「すぐそこ」は、なん回《かい》も角《かど》をまがって、長《なが》い通《とお》りをずーっと歩《ある》いたよね。

ちょっぴり心配《しんぱい》だったけど、きょうはほんとうに近《ちか》かった。角《かど》をふたつまがると、すぐにカフェが見えてきた。

お兄《にい》ちゃんの仕事《しごと》って、なんだろう？　床《ゆか》のおそうじかな？　それとも、おさら洗《あら》い？　おそうじはずいぶんじょうずになったと思《おも》うけど、おさら洗《あら》いはあんまりとくいじゃないよね？　ってきこうと思《おも》っているうちに、お兄《にい》ちゃんはさっさとカフェの中に入ってしまった。

中にはテーブルといすがたくさんあって、お客《きゃく》さんでいっぱい。みんな大学生なのかな？　こないだの教室《きょうしつ》よりもにぎやかだ。

お兄《にい》ちゃんはすぐに、黒《くろ》いエプロンをしゅっとしめた。床《ゆか》につきそうなくらい長《なが》いエプロン。

そうか、ウエイターの仕事《しごと》だ！　あちこちのテーブルで、お客《きゃく》さんが手をふってお兄《にい》ちゃんをよんでいる。

お兄《にい》ちゃんが言《い》った。

「このテーブルが、おまえたちの席《せき》だよ。きょうは、もうひとりのウエイターが休みだから、いそがしくなりそうなんだ。ここで、おとなしくあそんでるんだぞ」

お兄《にい》ちゃんがリュックをさかさにしてふると、おもちゃがころがりでてきた。色《いろ》えんぴつや画用紙《がようし》や、レゴもたくさんある。

「ここを動《うご》かないこと。ぼくがこまるようなことは、しちゃだめだぞ」

ちびが「ダイジョブ」とへんじをしたけど、お兄《にい》ちゃんはもう、むこうのテーブルに行《い》っていた。メモ

用紙《ようし》をとりだして、お客《きゃく》さんの注文《ちゅうもん》を書《か》きとめている。

ほんもののウエイターさんみたい！　まえに、パパとママがつれてってくれたレストランにいたウエイターさんそっくり。でも、あそこはレストランだから、カフェとはちがうのかもしれない。そういえば、あのときは、おもちゃであそんだりしなかった。

お兄《にい》ちゃんは、ほんとうにいそがしそうだった。コーヒーやケーキをはこんだり、パンやソーセージやチーズをもっていったり、注文《ちゅうもん》をメモして、キッチンにかけこんだり。でも、どんなにいそいでいても、長《なが》いエプロンが足にからまったりはしない。

お客《きゃく》さんたちは、食《た》べたりのんだりしながら、おしゃべりしている。

「みんな、たのしそうだね。ね、レオン、あたしたちもなにか食《た》べようか？」

ちびはうなずいたけど、そのしゅんかん、どうしてだか、テーブルの上のレゴをぜんぶ、ガシャガシャッと床《ゆか》におとした。なにをはじめるの？　ちょっと気《き》になるけど、まずケーキを注文《ちゅうもん》しなくちゃ。

「お兄《にい》ちゃーん！」カフェの中はさわがしいので、あたしは思《おも》いきり大きな声《こえ》でさけんだ。あわてて走《はし》ってきたお兄《にい》ちゃんは、エプロンをふんづけそうになった。

「どうした、マキシ。もっとおもちゃがほしいのか？」

「ブッブー、あたしたちも注文《ちゅうもん》します。レモネードとケーキをふたり分《ぶん》ください。ちゃんと書《か》いて、いそいでもってきてね」

お兄《にい》ちゃんはにっこりわらって、しっかりメモすると、ていねいにおじぎをして言《い》った。

「はい、かしこまりました。いそいで、おもちいたします。ところで、そちらのレオンさま、お口の中のレゴを、出していただけますか？」

「ダイジョ……ブッ！」ちびがさけんだとたん、レゴが口からとびだして、近《ちか》くのテーブルにいたおねえさんのひざの上におちた。おねえさんはぷっとふきだし、まわりの人たちもくすくすわらった。でも、さっさともどっていったお兄《にい》ちゃんには、聞《き》こえなかったと思《おも》う。

ちびはテーブルの下にもぐって、レゴでタワーを作《つく》りはじめた。さっきのおねえさんも来《き》て、てつだってくれている。

「ちび、おぎょうぎが悪《わる》いよ」あたしは言《い》った。

お兄《にい》ちゃんが、レモネードとケーキをもってきてくれたけど、ちびが席《せき》にいないことにも気がつかないで、またべつのお客《きゃく》さんのところへ行《い》ってしまった。

「レオン、いすにすわって。ほら、食《た》べようよ！」

とテーブルの下に声《こえ》をかけると、ちびが「ブップー！」とへんじをしたから、あたしはわらってしまった。

いまの「ブップー」は、ただの口まねじゃない。ちゃんとわかって言《い》ってるんだ。お兄《にい》ちゃんとお

んなじで、あたしの言《い》いかたがうつっちゃった。

でもこれって、あたしが言《い》うのをよく聞《き》いてるからできるんだし、ちゃんと意《い》味《み》がわかって新《あたら》しいことばを使《つか》うのは、いいことだ。よし、ごほうびに、レモネードとケーキをテーブルの下にもってってあげよう。パパもママもいないし、お兄《にい》ちゃんはいそがしくて見てないから。

ちびの分《ぶん》のおさらとコップをテーブルの下におくと、あたしはいすにすわってケーキを食《た》べ、レモネードをのんだ。どっちもおいしくて、あっというまになくなった。つぎは、なにをしようかな……。

ちびはレゴにむちゅうだし、おねえさんがいっしょにあそんでくれている。床《ゆか》はケーキの食《た》べくずだらけだ。

つぎからつぎへとお客《きゃく》さんが入ってきて、カフェはますますこんできた。お兄《にい》ちゃんはずっとひとりで、注文《ちゅうもん》されたものをはこんで、かたづけて、メモをとっている。もう、あせびっしょり。ぜんぶひとりでやるのは、たいへんそう。

そうだ！　お兄《にい》ちゃんをてつだってあげよう。でも、てつだうなら、あたしも黒《くろ》いエプロンをしなくちゃ。でないと、ウエイターに見えないもん。どこかにないかな……。

見まわすと、あいてるいすの背《せ》に、黒《くろ》いストールがかかっていた。だれかのわすれものかもしれない。あたしはストールをとって、おなかにまいてみた。

いい感《かん》じ！　エプロンじゃないけど、黒《くろ》いからウエイターっぽく見える。ううん、女の子だからウエイターじゃなくて、ウエイトレスだ。

あたしはお兄《にい》ちゃんがかたづけているテーブルのところへ行《い》き、からのコーヒーカップをふたつもった。

「だめだよ、マキシ。これはぼくの仕事《しごと》なんだから」お兄《にい》ちゃんはいらいらした調子《ちょうし》で言《い》い、あたしの手からカップをとりもどそうとした。「マキシおねえちゃんの仕事《しごと》は、ちびを見てること。わかった？」

「ブッブー！」あたしはカップをにぎって、はなさなかった。「ちびは、あたしがいなくてもだいじょうぶだよ。テーブルの下で、おねえさんといっしょにあそんでるから。あたしは、お兄《にい》ちゃんをてつだう！」

お兄《にい》ちゃんはなにか言《い》おうとしたけど、あたしはさっさとカップをもってキッチンへむかった。うしろでだれかの声《こえ》がした。

「いいぞ、がんばれ！」

お兄《にい》ちゃんの声《こえ》じゃない。お兄《にい》ちゃん、おこったかな……。

でも、キッチンに入ってきたお兄《にい》ちゃんは、ケーキをおさらにのせ、カップにコーヒーを注《そそ》ぎながら、あたしににっこりわらってくれた。

よかった！

お兄《にい》ちゃんは、あたしがまいている黒《くろ》いストールのはしをつまんで言《い》った。

「すてきなエプロンじゃないか。でも、あとでちゃんと、持《も》ち主《ぬし》にかえさなくちゃな」それから、ケーキののったおさらをひとつずつ、あたしの両手《りょうて》にもたせてくれた。

「はい、ウエイトレスさん。これをまどぎわの席《せき》のお客《きゃく》さんにもっていって。コーヒーもすぐに来《き》ます、って言《い》うんだよ」お兄《にい》ちゃんがウインクをしたので、あたしもウインクをした。

「オッケー、行《い》ってきます！」

なんだか、お兄《にい》ちゃんの仕事《しごと》なかまになったみたい。妹《いもうと》っていうのとはちがう感《かん》じで、ちょっぴりどきどきする。

お兄《にい》ちゃん、もう、ひとりでがんばらなくてもだいじょうぶだよ。

あたしはまどぎわのテーブルにケーキをもっていくと、とくいになって言《い》った。

「コーヒーもすぐに来《き》ます。なかまのウエイターが言《い》ってました」

すごくいい気分《きぶん》！

そのテーブルのふたりのおねえさんは、やさしく「ありがとう」と言《い》ってくれた。キッチンにもどろうとしたとき、ひとりがひそひそ声《ごえ》で言《い》うのが聞《き》こえた。

「ね、あの子、トミーくんのむすめかな？　子どもがいるなんて、知《し》らなかったわ！」

あたしはぷっとふきだした。お兄《にい》ちゃんがあたしのパパだって！

そのあとも、テーブルのおさらをかたづけたり、ケーキをはこんだりして、いっしょうけんめいてつだった。注文《ちゅうもん》したものが来《き》てない人がいないか、とか、テーブルがよごれていないかとかも見てまわった。

お客《きゃく》さんたちはみんな、「ありがとう」と言《い》ってくれた。お兄《にい》ちゃんもすごくたすかってたみたい。口に出しては言《い》わなかったけど、あたしのことをたよりにしているのがわかった。「さっき注文《ちゅうもん》したケーキ、まだ？」ってきいたお客《きゃく》さんに、「すぐにウエイトレスがもってきます」って言《い》ってたもん！

あたしはお兄《にい》ちゃんよりすばやく走《はし》りまわった。いちどもころばなかった。パパとママが見たら、「よくやってるね」って、にこにこするんじゃないかな。ちびが「じぶんでできる子」になったみたいに、あたしもりっぱにウエイトレスの仕事《しごと》をしてるよ！

そのとき、とつぜん、なにかにつまずきそうになった。おどろいて下を見ると、ちびがいつのまにかテーブルの下から出てきて、床《ゆか》にすわっていた。そういえば、ちびのこと、すっかりわすれてた。

「こら、むこうであそんでなさい」と言《い》って、もとのテーブルにつれていこうとしたけど、ちびは「ブッブー！」と言《い》って立ちあがり、せのびして、もうお客《きゃく》さんがいない目のまえのテーブルの上に手をのばした。からっぽのおさらをとろうとしている。もしかして、てつだいたいの？

「だめ。ちびにはむりだよ」じょうだんじゃない。おさらをおっことして、こなごなにしちゃうよ。

そこへ、お兄《にい》ちゃんがやってきた。

「ちびだって、できるよな？」

お兄《にい》ちゃんはちびの首《くび》に、赤と白のチェックのナプキンをむすんでやると、小さな両手《りょうて》にクリームタルトののったおさらを一枚《まい》もたせた。

「これを、あそこの女の人にもっていくんだ。ゆっくりでいいからね。だいじょうぶ、おまえならできる！」

ちびは「ダイジョブ……」と言《い》うと歩《ある》きだし、すぐにタルトの上のクリームをぺろっとなめた。

だから、むりだって言《い》ったのに。ほかの人がなめたタルトなんか、だれも食《た》べたくないと思《おも》うな。

ところが、「やあね」とか言《い》った人はだれもいなかった。注文《ちゅうもん》した女の人も、まわりの人も、みんなわらって、よろこんでる。お兄《にい》ちゃんまで大きな声《こえ》でわらっていたし、ちびもうれしそうに目をきらきらさせている。たぶん、なんにもわかってなくて、ほかの人がわらっているからうれしいんだろうな。あたしも、いっしょにわらってしまった。もしパパやママがいたら、どんな顔《かお》をしたかな？　きっと、わらわなかったと思《おも》うけど……。

でも、それ以上《いじょう》考《かんが》えているひまはなかった。三人になっても、やっぱりいそ

がしい。あつい コーヒーは、ちびにはこばせるわけにはいかないから、お兄《にい》ちゃんとあたしがはこぶ。キッチンとテーブルをなんども行《い》ったり来《き》たりして、ちびもあたしも、いっしょうけんめいはたらいた。

いつまでつづくんだろう……と思《おも》ったとき、お兄《にい》ちゃんの声《こえ》が聞《き》こえた。

「みなさん、閉店《へいてん》の時間《じかん》になりました。ありがとうございました！」

お客《きゃく》さんたちはつぎつぎに席《せき》を立って、おしゃべりをしながら帰《かえ》っていった。

みんなが手をふってくれたので、あたしたちも大きく手をふってお見送《みおく》りした。

ちびはすっかりくたびれたみたいで、手をふるのもやっとだった。

それから、お客《きゃく》さんがいなくなったカフェを出て、入り口のまえのかいだんに三人ですわりこんだ。もう、くたくた。足もぱんぱんだ。お兄《にい》ちゃんは、あたしとちびをいっしょにひざにのせると、頭《あたま》にキスをして、ぎゅっとだきしめてくれた。

「ふたりとも、ありがとう。ほんとによくやってくれたね。すごいよ。パパとママの育《そだ》てかたがよかったのかな。あまやかしすぎだと思《おも》ってたんだけど」
「ブッブー……」ちびが小さな声《こえ》で言《い》った。あたしも「ブッブー」とつぶやいた。
ちびはもうねむってしまったみたい。あたしももう、目をあけてられない……。

7　パーティーのあとで、泣《な》きそうになったのは……

つぎの日、朝《あさ》ごはんの「いただきます」、のあと、すぐにお兄《にい》ちゃんが言《い》った。

「きょうがさいごの日か……」

ゆびで数《かぞ》えてみたら、きょうでここへ来《き》て六日目《むいかめ》。ほんとだ！　あしたは、パパとママがむかえにくる。でも、とってもうれしいって感《かん》じがしない。はんぶんはうれしいけど、はんぶんはちがう。

トミーお兄《にい》ちゃんのところへ来《き》てから、わくわくしない日は一日もなかった。はじめてのことがたくさんあったし、ぜんぜんできなかったことも、できるようになった。

「たのしかったね、ちび」

「ちび、ブッブー。レオン！」ちびが言《い》った。

そうだね、もう、ちびじゃないよね。トイレでできるし、ウエイターの仕事《しごと》もできたんだから。

それに、きのうからは、はみがきもじぶんでやろうとしはじめた。きょうも、ちびがせんめん所《じょ》に行《い》くと、すぐにお兄《にい》ちゃんが走《はし》っていって、うがいをする音や、ふたりのわらい声《ごえ》が聞《き》こえた。もうすこししたら、またT《ティー》シャツをぬらしたお兄《にい》ちゃんと、パジャマをしみだらけにしたちびが出てくるんだろうな。

あした、うちへ帰《かえ》るときはもう、あまえんぼうのおちびちゃんじゃない。なんでもじぶんでやろうとするレオンくんだ。それを知《し》ったパパとママが、がっかりしないといいけど。

あたしだって、いろんなことができるようになった。朝《あさ》ごはんの用意《ようい》も、あとかたづけもできるし、おさら洗《あら》いもかんぺき。コインランドリーで、おせんたくだってできる。どうしてママはコインランドリーに行《い》かないのかな？　家《いえ》でせんたくするよりずっとおもしろいし、いろんな人に会《あ》えるのに。

朝《あさ》ごはんのあとは、テーブルの上がパンくずだらけになった。お兄《にい》ちゃんはこれをきれいにするのを、いつもわすれる。あたしがテーブルをふいていると、お兄《にい》ちゃんがリュックをもってきて、言《い》った。

「マキシ、きょうはさいごの日だろ、だから、パーティーをしよう。いっしょにスーパーへ行《い》って、買《か》いものをてつだってくれないかな。ちびにくつをはかせてやって」

「ちび、ブッブー。レオン！」ちびがさけんだ。

お兄《にい》ちゃんはわらって、ちびの頭《あたま》をくしゃくしゃにした。

「わかったよ。きょうからは、ちびじゃなくて、レオンだ。それじゃレオン、そろそろ、もっときちんとしゃべってみようか。マキシおねえちゃんが言《い》ったことをよく聞《き》いて、まねすればいいからね」

ちびがまじめな顔《かお》でうなずいたので、お兄《にい》ちゃんはまたわらった。ちびは玄関《げんかん》へ行《い》き、じぶんでくつをはこうとした。でも、かかとがまえになったくつに、そのまま足を入れようとしているから、ちっともはけない。あたしは、ちびにくつをはかせて、くつひもをむすんでやった。これはまだまだ、マキシおねえちゃんの役目《やくめ》だ。

スーパーマーケットへむかうとちゅう、あたしはパーティーのことを、かたっぱしからお兄《にい》ちゃんにきいた。

なにを買《か》うの？　なにを作《つく》るの？　パーティーにはだれが来《く》るの？　つるつる頭《あたま》のボブさんは来《く》る？　コインランドリーにいた赤《あか》毛《げ》のおねえさんは？　やさしいハリー先生も来《き》てくれる？　あたしとちび……じゃなくて

レオンも、ほんとにパーティーに出ていいの？

お兄《にい》ちゃんはうなずいたり、かたをすくめたりしながら、ずっとぶつぶつ言《い》ってるだけ。ちゃんとへんじをしてくれない。

「白パン、ハム、オリーブ、チーズ、レタス……マカロニサラダもいるし……ビールにワインにジュース……マキシ、ちょっとだまってて。わすれちゃうだろ」

パーティーのじゅんびで頭《あたま》がいっぱいらしい。でも、レオンとあたしがパーティーに出てもいいってことは、まちがいない。きいたとき、大きくうなずいたから。これはわすれちゃだめだよ、お兄《にい》ちゃん。

スーパーに着《つ》くと、お兄《にい》ちゃんはすぐに、カートをおして歩《ある》きだした。あたしたちはあわてておいかけた。

「まってよ、お兄《にい》ちゃん！」

よんでも、お兄《にい》ちゃんには聞《き》こえていないみたい。こっちをふりむきもせずに、手にとったものをかごの中に入れたり、またもどしたりしてる。買《か》うものをさがして、たなを上から下まで見ているけど、あたしたちのほうは、ぜんぜん見ない。

あたしは、レオンがまいごにならないように、しっかり手をつないでいた。

「レオン、お兄《にい》ちゃんはいそがしそうだから、あたしたちもお買《か》いものしよう！」

「あいしゅ！」レオンが言《い》った。

うん、いい考《かんが》えだね、レオン。

あたしたちはそれぞれ、アイスクリームの大きなカップを両手《りょうて》でかかえ、あたしはその上に、おさかなフライのスティックとバナナをのせた。レオンには、プリンの六個《こ》入ったパックをのせてあげた。それから、お兄《にい》ちゃんのところへもどって、ぜんぶかごの中に入れた。

お兄《にい》ちゃんは上のたなに手をのばし、ビールをとっては、カートに入れている。

あたしたちがカートになにか入れたことには、ぜんぜん気がついていない。

あたしはいそいでグミをとってきて、カートに入れた。レオンもすきな、クマの形《かたち》をした、赤やみどりのフルーツ味《あじ》のグミだ。お兄《にい》ちゃんは、まだ気づかない。

あたしとレオンがいっしょにいることもわすれちゃってるみたい。パーティーのじゅんびはたいへんだから、しかたがないけど。レジにならんでいると、レオンがカートをよじのぼって、中に入ろうとした。お兄《にい》ちゃんはそれを見て、

やっとあたしたちをほったらかしにしていたことに気がついた。それから、お金をはらおうとして、もうひとつ気がついた。買《か》ったおぼえのないものが、カートの中にたくさん入ってるってこと。

あたしたちがいたおかげだよ、お兄《にい》ちゃん！　パーティーには、アイスクリームやプリンやおさかなスティックがなくちゃね。それに、グミもたくさんあったほうがいいでしょ。ひとりで来《き》てたら、ぜんぶ買《か》いわすれてたね。

スーパーからもどると、お兄《にい》ちゃんは、あたしたちを台所《だいどころ》からおいだそうとした。小さい子は、じゃまになるだけだって。

そんなことないよ！　レオンのくつひもをきれいにむすんであげたり、カフェでおさらをはこんだりしたのは、あたしの小さな手なのに。レオンだって足は小さいけど、ちゃんとトイレに行《い》けるよ。そんなこともわすれちゃったの？

台所《だいどころ》に立ったお兄《にい》ちゃんは、きゅうにしかめっつらをして、まゆとまゆのあいだにしわをよせ、かみの毛《け》をくしゃくしゃにした。おこったときのママそっく

りだ。ママもうまくいかないことがあると、かみの毛《け》をくしゃくしゃにする。

やっぱり、家族《かぞく》なんだ。あたしたちは、とってもなかがよくて、みんなにてるんだね。おなかのあたりが、きゅーっとなった。これは、うれしいときの「きゅーっ」だ。

あたしはレオンをつれて、台所《だいどころ》を出た。

「お兄《にい》ちゃんのじゃまになるから、お部《へ》屋《や》でまってようね。そうだ、かざりつけをしようよ。うちでパーティーをするとき、いつもママがしてるみたいに」

うちでパーティーをひらくときは、あ

たしもレオンもはやくねなさい、と言《い》われて、ベッドに行《い》かされちゃう。でも、きょうはちがう。あたしたちもパーティーに出るんだから、あたしたちがお部屋《へや》をかざろう！　お花やろうそくはないけど、お客《きゃく》さんがいいなって思《おも》ってくれるようなすてきなお部屋《へや》にしなくちゃ。

「さ、レオン、はじめるよ」

レオンは、すぐにマットレスの上に、ぬいぐるみをならべはじめた。それから、ふたりでレゴのタワーを作《つく》って、まどぎわにおいた。夕日をあびたら、ろうそくみたいにかがやいて見えるかも。

そうだ、買《か》ってきたグミもかざろう。赤やみどりや黄色《きいろ》のグミをかざったら、きっときれいだ。あたしは、ふくろをあけてクマの形《かたち》のグミを出し、パソコンのまわりやノートの上においた。ミニカーの上にも。レオンもてつだってくれて、そのあいだ、ひとつもつまみ食《ぐ》いをしなかった。えらいね、レオン。お客《きゃく》さまのためのかざりだから、いまは食《た》べちゃいけないって、わかってるんだ。びっくり。

お兄《にい》ちゃんはずっと台所《だいどころ》にいて、お昼《ひる》ごはんのあとも、まだいっしょうけんめいパーティーのじゅんびをしていた。まにあうのかな……と、心配《しんぱい》になってきたとき、チャイムがなった。

「お兄《にい》ちゃん、お客《きゃく》さまが来《き》ちゃったよ！」

お客《きゃく》さんたちが、つぎつぎに部屋《へや》に入ってきた。大学やカフェで見たことのある人たちだ。つるつる頭《あたま》のボブさんもいる。あ、フルートだけじゃなく、太鼓《たいこ》とハンドベルももってる！　レオンも気がついて、キャッキャッとよろこんでいる。あたしだって、もっと小さかったら、わーい、って大声《おおごえ》を出したかった。だって、ボブさんはあたしたちのためにもってきてくれたんだもん！

「お兄《にい》ちゃん、見て、ボブさんがね……」

おしえようとしたけど、お兄《にい》ちゃんはちょうど赤毛《あかげ》のおねえさんとだきあって、あいさつしているところだった。

おねえさんは、コインランドリーでとった写真《しゃしん》を大きくひきのばしてもってきて、みんなで見られるように、かべにはってくれた。お兄《にい》ちゃんと、ひざの上にいるあたしと、足もとにすわっているレオンの写真《しゃしん》。下のほうに、ふといマジックで、「世界一《せかいいち》のなかよしきょうだい」って書《か》いてある。

すてき！

お兄《にい》ちゃんは、またおねえさんをだきしめた。すごく、長《なが》く……。

いつまでもおねえさんとべたべたしてたら、お客《きゃく》さんたちがマカロニサラダを食《た》べられないよ。みんな、きっとおなかがすいているのに。あたしはお兄《にい》ちゃんのT《ティー》シャツをひっぱった。はやくサラダをもってこようよ。

そのとき、またチャイムがなった。入ってきたのはハリー先生だ。先生も来《き》てくれたんだ！　先生が、もってきたワインをかかげてみせると、お客《きゃく》さんたちは、「おーっ」とうれしそうに声《こえ》をあげた。

お兄《にい》ちゃんは講義《こうぎ》のときと同《おな》じくらい顔《かお》をまっ赤にして、先生にあいさつに行《い》こうとした。でも、あたしとレオンのほうがはやかった。レオンは先生の足にだきつき、あたしは先生にきいた。

「お日さまの絵《え》は、じょうずになりましたか？　まだ、へんならくがきばっかりしてるんですか？」

するど、レオンがまじめな顔《かお》で言《い》った。

「ブッブー！　らくがき……ちがう。コウシキ！」

みんながどっとわらいだし、部屋《へや》がぐらぐらゆれそうだった。はくしゅをしている人もいる。いちばん大声《おおごえ》でわらったのは、先生だった。

お兄《にい》ちゃんはレオンをだきあげて、高《たか》い高《たか》いをしながら言《い》った。

「レオン、いま、なんて言《い》った？　お兄《にい》ちゃん、はじめて聞《き》いたぞ。もういっぺん、言《い》ってごらん！」

レオンはうれしそうにうなずくと、てんじょうにむかってさけんだ。

「レオン、じぶんで……できる子！　トイレ、できる子！」

みんなが、またどっとわらった。まえより大きな声《こえ》で。こんどは、アパートのたてものがぐらぐらするかと思《おも》うくらい。お兄《にい》ちゃんは、レオンのほっぺたに、なんどもなんどもキスをした。レオンは、なんでキスするの？　という顔《かお》をして、びちょびちょになったほっぺたをふいていた。

ようやくお客《きゃく》さんたちがごちそうを食《た》べはじめた。パーティーのしたくは、なんとかまにあったんだ。マカロニサラダにチーズにハム、それに、おさかなスティック。アイスクリームもたっぷりある。

ごちそうは、あっというまになくなりそうだ。とくに、アイスは大人気。ほらね、やっぱり買《か》っておいてよかったでしょ、お兄《にい》ちゃん。

あたしはハリー先生に、おさかなスティックをもっていってあげた。だって、なんにも食《た》べてないみたいだったから。先生はスティックを食《た》べおわると、「お礼《れい》のしるしに」と言《い》って、もってきたお日さまと公式《こうしき》を書《か》いた紙《かみ》をプレゼントしてくれた。公式《こうしき》はだいじなものかもしれないけど、お日さまの絵《え》は、あたしのほうがじょうずかな……。

レオンは、マットレスの上でおねえさんたちとあそんでいた。服《ふく》は、ごちそうのしみだらけ。くすぐられてキャッキャッとわらったり、おねえさんがぱっととったぬいぐるみを、とりかえそうとしたり。みんながたのしそうで、あたしもうれしくなった！

「さあ、みんな立って！　うたって、おどろう！」

ボブさんがよびかけて、演奏《えんそう》をはじめた。お客《きゃく》さんたちは大声《おおごえ》でうたい、お兄《にい》ちゃんもギターをひきだした。ボブさんのフルートが、ピーピロローと明るい音をひびかせ、あたしは太鼓《たいこ》をたたき、レオンはベルをならした。すごくさわがしくなったけど、さいこうの気分《きぶん》。世界一《せかいいち》たのしい音楽会《おんがくかい》って感《かん》じ。あたし、いま、その中にいる。

そのうちにお客《きゃく》さんたちが、ふたりひと組《くみ》になって、ダンスをはじめた。あたしたちの演奏《えんそう》にあわせておどっている。それから、レオンはボブさんにかたぐるましてもらい、あたしは先生と手をつないで、いっしょにうたって、おどった。

先生は歌《うた》が、すごくじょうず。ギターをひくお兄《にい》ちゃんのすぐとなりに、赤毛《あかげ》のおねえさんがいる。

ああ、毎日《まいにち》パーティーならいいのに！

でもみんな、だんだんおどるのにつかれて、うたう声《こえ》が小さくなった。うす暗《ぐら》い部屋《へや》のあちこちで、カチンとグラスをぶつけあう音がする。くすくすわらう声《こえ》や、やさしくささやく声《こえ》も……。

レオンはボブさんのかたの上で、もう目をとじている。先生のひざにすわったあたしも、きゅうにねむくなって……。

あれっ？

なんだか、へん。先生のうでが、パパのうでになって、あたしをだきあげた。

ボブさんのうでは、ママのうでにかわって、しっかりとレオンをだきしめて

いる。夢《ゆめ》を見てるのかな？　でも、このにおいはまちがいなく、パパだ。あたし、鼻《はな》のよさには自信《じしん》がある……。

ママがささやいている。「ふたりとも、よくがんばったわね。ほんとにいい子たち……」こんな夢《ゆめ》、はじめて……。

ううん、やっぱり、ほんもののパパとママだ！　むかえにきてくれたんだ！

目はさめてるのに、どうしてもまぶたがあかない。でも、パパのうでにだかれているのは、はっきりわかる。

そのとき、声《こえ》が聞《き》こえた。

「なんだよ、はやすぎるよ。むかえにくるのは、あしたって言《い》ってたじゃないか……」

いまにも泣《な》きだしそうな、泣《な》くのをいっしょうけんめいがまんしているような声《こえ》。

これって、お兄《にい》ちゃんの声《こえ》？

そうだ、やさしくて、かっこいい、トミーお兄《にい》ちゃんの声《こえ》……。
あたし、トミーお兄《にい》ちゃんが、大すき！
あたしたち、世界一《せかいいち》なかよしの三人きょうだいだね。

訳者《やくしゃ》あとがき

　マキシは小学三年生の女の子。パパとママが家《いえ》を留守《るす》にする一週間《いっしゅうかん》のあいだ、弟《おとうと》のレオンといっしょに、トミーお兄《にい》ちゃんのアパートにとまることになりました。「やったね！」と大よろこびのマキシ。でも、レオンはまだおむつをしたちびちゃんだし、パパやママとはなれて何日《なんにち》もすごすなんて、はじめてです。

　きょうだい三人だけの毎日《まいにち》は、びっくりするようなことばかり。部屋《へや》には、バスタブも、ちゃんとしたベッドも、せんたく機《き》もありません。おまけに、お兄《にい》ちゃんは、パパやママとはぜんぜんちがって、朝《あさ》ねぼうで、車ももっていないのです！　マキシは、つぎつぎに起《お》こる「はじめてのこと」にどきどきしながら、一日一日を元気《げんき》にのりきっていきます。

そして、一週間《いっしゅうかん》のあいだに、レオンも新《あたら》しいことをたくさんおぼえ、はじめはマキシたちのめんどうを見るのが、めんどうくさそうだったトミーも……。

マキシが大すきなトミーお兄《にい》ちゃんは、「ひとりぐらし」をしている大学生です。ドイツではふつう、大学生になると、大学が家《いえ》から通《かよ》えるところにあっても、家《いえ》を出ます。ほとんどの大学は学費《がくひ》は無料《むりょう》（二〇一六年六月現在《げんざい》）ですが、生活《せいかつ》のためのお金も、できるだけ親《おや》にはたよらずに自分《じぶん》で働《はたら》いたり、奨学金《しょうがくきん》をもらったりして生活《せいかつ》します。トミーがカフェで働《はたら》いているのも、おこづかいのためではなく、生活《せいかつ》にひつようだから。勉強《べんきょう》だっていそがしいのに、妹《いもうと》と弟《おとうと》のめんどうを見るのは、とても大変《たいへん》だったことでしょう。こんなお兄《にい》ちゃんがいたらいいですよね！

さて、この心《こころ》あたたまる三人きょうだいの物語《ものがたり》を書《か》いたのは、グードルン・

メプスというドイツの児童文学作家《じどうぶんがくさっか》です。十七歳《さい》のとき、女優《じょゆう》になる勉強《べんきょう》をはじめて劇団《げきだん》に入り、長《なが》い間《あいだ》いろんな町をまわりました。そんなある日、「お休み中にたいくつだったので、書《か》いてみた」という物語《ものがたり》が本になり、それから、つぎつぎに子ども向《む》けの作品《さくひん》を書《か》きはじめます。二作目《さくめ》の『ビルギット』（国土社《こくどしゃ》）は、一九八三年のチューリッヒ児童文学賞《じどうぶんがくしょう》を受賞《じゅしょう》。つづく『日曜日《にちようび》のパパとママ』（国土社《こくどしゃ》）は、一九八四年のドイツ児童文学賞《じどうぶんがくしょう》にかがやきました。

そのほかにも、ドイツで人気の「フリーダーとおばあちゃん」シリーズ（未訳《みやく》）、『赤ちゃんがきた！』（徳間書店《とくましょてん》）など、どの本も、子どもの気持《きも》ちや家族《かぞく》のことを、子どもの目から生き生きと描《えが》いていて、まるでメプスの中に、いろんな子どもたちがいるかのようです。

現在《げんざい》メプスは、ドイツのミュンヘンとイタリアの小さな村に家《いえ》を持《も》ち、行《い》ったり来《き》たりしながら、すてきな物語《ものがたり》を書《か》き続《つづ》けています。ドイツにいるときは、小学校を訪問《ほうもん》して、子どもたちに本のことを話《はな》したり、すばらしい読《よ》み聞《き》かせをして楽《たの》しませたり。イタリアの家《いえ》では、ご主人《しゅじん》と六匹《ぴき》のネコと、日が暮《く》れると庭《にわ》先《さき》にやってくるヤマアラシとキツネが、大切《たいせつ》な家族《かぞく》なのだそうです。

キツネと言《い》えば、マキシとレオンが歌《うた》っていた「キツネの歌《うた》」は、ドイツの子どもならだれでも知《し》っている童謡《どうよう》です。このメロディー、日本では「こぎつねこんこん山のなか……」というかわいらしい歌詞《かし》がついていますが、ドイツ語《ご》の歌《か》詞《し》は「ぬすんだガチョウを返《かえ》さないと、猟師《りょうし》が鉄砲《てっぽう》でおまえを撃《う》つぞ」と、キツネをおどしているのです。これではレオンが泣《な》きだしてしまうのも、むりはありません。マキシがかわいい弟《おとうと》のために作《つく》ってあげた歌詞《かし》で、みなさんもぜひ歌《うた》ってみてください。

最後《さいご》になりましたが、三人のにぎやかな声《こえ》が聞《き》こえてきそうな、楽《たの》しい絵《え》を描《か》いてくださった山西《やまにし》ゲンイチさんと、的確《てきかく》できめ細《こま》やかなアドバイスで訳者《やくしゃ》を助《たす》けてくださった徳間書店《とくましょてん》の小島範子《こじまのりこ》さんに、心《こころ》からお礼《れい》を申《もう》し上《あ》げます。

二〇一六年七月

はたさわゆうこ

【訳者】
はたさわゆうこ（畑澤裕子）
1992年上智大学大学院文学部ドイツ文学科博士後期課程修了。現在、大学でドイツ語担当非常勤講師を務める。訳書に、児童文学『ウサギのトトのたからもの』『小さいおばけ』『小さい水の精』「ひみつたんていダイアリー」シリーズ『ぼくとヨシュと水色の空』（以上徳間書店）、絵本『あおバスくん』『もぐらくんのすてきなじかん』（フレーベル館）『うさぎ小学校』（徳間書店）『スノーベアとであったひ』（鈴木出版）他多数。

【画家】

山西ゲンイチ（やまにしげんいち）

1971年長崎県生まれ。イラストレーター、絵本作家。

児童書の挿し絵の仕事に『そばかすイェシ』（徳間書店）『だれも知らない犬たちのおはなし』（あすなろ書房）『こやぶ医院は、なんでも科』（佼成出版社）、創作絵本に「ブタコさんのかばん」（ビリケン出版）『おじいさんのしごと』（講談社）『こんもりくん』（偕成社）などがある。

（山西さんのホームページ http://genichiyamanishi.com）

【世界一《せかいいち》の三人きょうだい】
UNSERE WOCHE MIT TOMMI
グードルン・メブス作
はたさわゆうこ訳 Translation © 2016 Yuko Hatasawa
山西ゲンイチ絵 Illustrations © 2016 Genichi Yamanishi
144p、22cm NDC943

世界一の三人きょうだい
2016年7月31日　初版発行
2021年5月15日　3刷発行
訳者：はたさわゆうこ
画家：山西ゲンイチ
装丁：木下容美子
フォーマット：前田浩志・横濱順美

発行人：小宮英行
発行所：株式会社 徳間書店
〒141-8202　東京都品川区上大崎3-1-1　目黒セントラルスクエア
Tel.(03)5403-4347(児童書編集)　(049)293-5521(販売)　振替00140-0-44392番
印刷：日経印刷株式会社
製本：大日本印刷株式会社
Published by TOKUMA SHOTEN PUBLISHING CO., LTD., Tokyo, Japan.　Printed in Japan.

徳間書店の子どもの本のホームページ　https://www.tokuma.jp/kodomonohon/

ISBN978-4-19-864205-1

プロイスラーのふたつのたのしい物語

オトフリート・プロイスラー 作　はたさわゆうこ 訳

小さい水の精

小さい水の精は、水車の池に生まれた元気な男の子。池じゅうを探検した水の精は、お父さんに池の上のほうにつれていってもらいました。はじめて月をみたり、人間の子どもと友だちになったり…。小さい水の精の毎日をいきいきと描いた楽しい物語。

絵＝ウィニー・ガイラー

Ａ５判

小さいおばけ

ある日、昼間に目がさめた小さいおばけ。はじめてみる昼の世界に大よろこび。ところが、日の光にあたったとたん、白い体がまっ黒になってしまいました！　さて、小さいおばけは、夜おばけにもどれるでしょうか？　小さいおばけのゆかいなお話。

絵＝フランツ・ヨーゼフ・トリップ　Ａ５判